KB194515

김정 청소년 역사소설

하얀 송골매

* 이 작품은 2024년 아르코문학기금 청소년문학 선정작입니다.

김정 청소년 역사소설

하얀 송골매

2025년 4월 21일 제1판 제1쇄 발행

지은이   김　정
펴낸이   강봉구

펴낸곳   작은숲출판사
등록번호   제406-2013-000081호
주소   413-120 경기도 파주시 와석순환로307, 산내마을1107-101
전화   070-4067-8560
팩스   0505-499-8560

홈페이지   http://www.littleforestpublish.co.kr
이메일   littlef2010@daum.net

ⓒ 김　정

ISBN 979-11-6035-165-1   43810

작은숲
청소년

김정 청소년 역사소설

하얀 송골매

작은숲

차례

효종 원년 3월서력 1650년

병자호란을 일으켰던 청 황제 홍타이지가 죽었다. 그의 측근이자 이복동생 도르곤은 황부 예친왕의 작위로 다섯 살인 순치제 복림을 도와 청국을 다스렸다. 그러다가 예친왕의 정비가 세상을 떠나자, 예친왕은 자신의 비를 뽑겠다며 사신 파흘내를 조선으로 보낸다.

며칠째 봄비가 쉬이 그치지 않고 내렸다. 궁궐 편전 앞을 지나는 환관들 발걸음이 조심스럽다. 편전에서는 청국 사신단의 통혼칙을 받은 임금과 조정 대신들이 난감한 얼굴로 논의를 하고 있었다. 예조판서가 앞으로 나섰다.

"전하, 사신 파흘내가 비밀 칙서까지 꺼냈사옵니다. 자색을 겸비한 규수를 내놓으라 독촉이 심각하나이다."

임금이 대신들을 휘둘러 보았다.

"어찌… 종친들 가운데 혼기가 찬 딸이 없겠소? 청국의 요구를 거절할 수 없음을 다들 잘 알 것이오. 이 나라 종묘사직을 위하는 일이니 과인이 반드시 보답하리다."

조선 임금에게는 다섯 명의 공주가 있었다. 그런데 환관 나업이 나서서 임금에게는 두 살짜리 어린 공주밖에 없다며 시치미를 뗐다. 파흘내의 압박에서 벗어난 임금이 안도했으나, 파흘내는 종친이나 조정 대신의 딸들 가운데 간택해서 데려가겠다고 했다.

대신들은 깊숙이 허리를 굽혔다. 서로 눈치를 볼 뿐 말하는 자가 없었다. 임금의 얼굴에 노기가 서렸다.

"저 음흉한 파흘내는 오래 기다리지 않을 것이오!"

이윽고 임금이 용포 자락을 떨치며 일어나 편전 밖으로 나가 버렸다. 병판 조 대감이 도승지에게 다가가 가만히 일렀다.

"종친들 중 딸을 가진 자의 명단을 상^{임금}께 올리시오."

누구보다 먼저 임금의 마음속을 알아차리고 움직이는 조 대감이었다.

그날 밤 종친 금림군은 은밀히 임금 앞에 불려갔다. 금림군 이개윤은 임금의 10촌 할아버지뻘이었다. 술상이 차려졌고 임금은 금림군에게 잔을 내밀었다.

"과인은 병자년의 호란으로 세자 형님과 함께 청국에서 아홉 해나 볼모로 지냈소. 그때 숙신 공주를 잃었던 것은 경도 알 것이오…. 금림군, 파흘내와는 이미 종친의 여식 중 간택하기로 내정이 되어 있소이다."

임금이 금림군의 잔에 술을 따랐다. 금림군을 빤히 바라보는 임금의 말투가 은근했다.

"마침 경이 참한 딸을 스스로 내놓겠다 하니, 경의 충심에 감동했소이다. 과인이 그대 집안의 충을 잊지 않으리다."

"⋯."

금림군이 거친 숨을 몰아쉬었다. 맑은 술이 손가락 사이로 흘러내렸다. 금림군은 술잔을 내려놓고 바닥에 부복했다. 금림군이 두 눈을 질끈 감고 어금니를 물었다.

손수 금림군을 일으킨 임금이 몸을 돌렸다. 그러고는 자신의 잔에 넘치도록 술을 부었다. 술잔을 비운 임금은 빠르게 말을 내뱉었다.

"이 나라 공주를 대신할 국혼이잖소. 금림군, 조선을 구하는 일이오. 너무 비통해 마시오."

금림군은 임금이 내린 술을 단숨에 마셨다. 임금과 금림군, 그들은 서로의 딸을 지키려는 아비의 마음으로 밤이 깊도록 술잔을 기울였다.

다음 날 조례시간에 임금이 말했다.

"어제 금림군이 과인을 찾아와 자신의 딸을 청국으로 보내겠다 하였소이다. 참으로 의를 아는 충신이오. 자, 다른 사람은 없소이까? 파흘내의 보챔이 다급하오."

대신들이 한결같이 고개를 떨궜다. 아무도 나서지 않았다. 임금의 목소리가 한층 높아졌다.

"조선이 또다시 청국과의 전쟁을 겪는다면 결과가 어떨지 모르지 않을 터. 과인이 앞으로 북방을 강화할 것이오만 지금의 처지는 저 강성한 청국을 이길 수 없단 말이오. 소수의 여인을 희생시켜서라도 국난을 풀 수 있다면 주저할 바가 아니잖소!"

그래도 그들은 허리를 더욱 굽힐 뿐이었다. 급하게 다그친다고 해결될 일이 아니었다. 임금이 미간을 찌푸리며 말을 이었다.

"과인은 금림군의 딸을 양녀로 삼아 고마운 마음을 전하려 하오. 그 이름을 정의로울 의義, 순종할 순順. 의순공주라 할 것이오."

그로부터 몇 날 며칠을 임금은 종친과 대신들을 불러 졸라댔다. 어떤 대신은 딸을 멀리 보내 감추었고, 또다른 대신은 가짜 혼인으로 숨겼으며, 심지어 종친들은 천민의 딸이나 기생을 양녀로 들여 임금의 명에 대비하기도 했다. 파흘내와 임금의 재촉은 나날이 심해졌다. 피할 수 있는 일이 아니었다. 결국 종친과 대신들은 구색 맞춘 딸들을 내놓았고 파흘내와 사신단의 심사를 거쳐 금림군의 딸 이애숙이 간택되었다.

이에 임금이 길일을 택해 양딸 이애숙에게 칙첩칙서를 내려 '의순공주'라 칭했다. 의순공주가 예친왕의 비로 결정되자 청의 사신단 중 일부가 북경으로 떠났다. 소식을 접한 예친왕이 즉시 혼인 예물을 조선에 보냈다. 그 행렬은 한양 바닥을 발칵 뒤집어 놓을 만큼 어마어마했다. 조선 임금도 금림군과 아들들에게 관직과 함께 많은 하사품을 내렸다.

의순공주가 꽃가마를 타고 한양을 떠나던 날, 임금은 모화관^{중국 사신들을 영접하던 곳. 한양의 서쪽 대문에 위치} 밖까지 나와 배웅했다. 하늘빛 고운 봄날이었다.

아비의 눈물

고목으로 만든 바깥문 여닫는 소리가 묵직하게 울리더니 연이어 장지문이 열렸다. 누군가와 함께 들어온 바람이 따뜻했다. 매화향을 품은 봄바람이었다.

"공주마마!"

유모의 외침에 의순이 고개를 들었다. 환한 햇볕이 쏟아졌다. 방 안으로 들어서는 사람들의 얼굴은 보이지 않았다. 장지문이 닫히는 순간 목이 조이듯 숨이 막혔다. 유모 옆에 서 있는 낯익은 모습, 대낮에 꾸는 헛된 꿈이런가.

"공주마마."

부드럽고도 다정한 목소리였다. 의순의 입에서 외마디가 새어 나왔다.

"아버지!"

이제 막 모양이 잡혀 가던 연분홍 비단 꽃잎이 의순의 손에서 벗어나 아래로 떨어졌다. 의순은 벌떡 일어나 아버지 금림군에게로 내달았다. 그 바람에 날개 펼쳐 박제된 하얀 송골매가 사방탁자에서 튕겨 나와 뒹굴었다. 금림군이 두 팔을 벌려 의순을 품에 안았다. 6년 만의 만남이었다.

조선 관복을 갖춰 입은 금림군의 웃는 얼굴은 빛바랜 한지처럼 핏기가 없었다. 한걸음 뒤에 있던 설강수가 바닥에 떨어진 박제 송골매를 탁자 위에 올려놓았다. 예친왕 도르곤이 의순에게 남긴 것이었다. 설강수가 입을 열었다.

"마마, 대감께서 조선 사은사청국에 수시로 파견하는 임시 사절단의 정사사신단의 외교관 역할로 두 달 전 청나라에 왔습니다."

열어 놓은 창으로 매화 꽃잎들이 바람을 타고 방 안으로 날아들었다.

의순은 한동안 말을 잇지 못했다. 의순의 등을 다독이던 금림군이 한숨을 내쉬었다.

"마마, 어찌 이리도 야위었습니까?"

간신히 정신을 차린 의순은 그렁그렁한 눈을 들며 말했다.

"아버지, 절 받으세요."

"아닙니다, 마마. 마마께서는 조선의 공주십니다. 당치 않습니다."

의순이 무릎을 굽혀 절을 올리자, 금림군도 어쩔 수 없이 맞절을 했다. 의순은 금림군을 부축해 의자로 안내했다. 그 사이 유모와 설강수가 바깥으로 나갔다.

설강수는 의순이 청국에 온 이후 조선과 청국을 드나들며 금림군의 심부름을 도맡아 했다. 금림군은 설강수의 아버지인 설가 객주의 설 대방과 오랜 친분이 있었다. 설강수도 의순의 신행길혼인할 때, 신랑이 신부 집으로 가거나 신부가 신랑 집으로 가는 길에서 만난 인연 이후 지금까지 의리를 지켜 온 사람이었다.

"멀리 계신 부모님 안부가 걱정일 뿐 저는 잘 지내고 있습니다. 아버지."

의순이 눈물을 닦아 내며 다소 과장된 경쾌한 목소리로 말을 이었다.

"아버지, 지금 의탁하고 있는 안친왕과 설 행수 덕분에 부족함 없이 잘 지냅니다. 염려 마세요, 아버지."

의순의 얼굴을 지그시 바라보던 금림군이 더는 참지 못하고 눈물을 주르륵 흘렸다. 의순이 생전 처음 보는 아버지 눈물이었다.

"… 야윈 몸피며 그 얼굴이, 어찌 곱고 고왔던 마마의 모습이겠습니까? 마마의 고된 세월을 아비가 모르겠나이까? 아비 앞에 애쓰지 마소서."

금림군의 뺨으로 주루룩 떨어지는 눈물을 보자 의순은 가슴에
고여 있던 울음보가 터져 나왔다. 어린아이 같은 딸의 흐느낌에
금림군이 일어나 의순의 어깨를 쓰다듬었다.

방문이 열렸고 유모와 함께 설강수가 들어왔다. 설강수가 차
시중을 들었다.

"대감, 청 황실에 납품하는 남방 햇녹차입니다. 공주께서도 드
십시오."

금림군이 찻잔을 들어 천천히 차를 마셨다. 그러고는 무겁게
입을 뗐다.

"마마는 이 아비의 아픈 손가락입니다. 으흠…."

금림군이 고통스러운 신음을 토하면서 잠시 숨을 골랐다.

"마마! 아직 고운 나이에 낯선 땅 낯선 사람들 속에서 평생을 살
아가게 할 수 없습니다. 아비가 방법을 찾을 것입니다."

의순은 고개를 저으며 말했다.

"저는 6년 전 열여섯 살의 애숙이 아닙니다."

의순이 다소 쌀쌀하게 말을 이었다.

"아버지, 저는 조선으로 돌아갈 수 없어요. 이 나라에 머물러야
합니다. 아버지가 말씀하셨듯 청나라는 강대국입니다. 청국의 뜻
에 거슬러 또다시 조선이 전쟁에 휘말리게 할 수는 없습니다. 제

17

가 공녀로 바쳐진 이유이기도 하지요."

의순이 체념하듯 짧은 한숨 끝에 말했다.

"또한 청국의 풍습을 따라야 했던 제가 돌아간다면 문제가 될 것입니다. 우리 조선과 가문에 누가 될 뿐입니다."

금림군은 한결 부드러운 눈빛으로 답했다.

"마마, 아비의 판단은 다릅니다. 애초에 예친왕 도르곤이 조선에 강요했던 통혼이었습니다. 하지만 그가 죽었으니 청 황실에서도 명분이 없어요. 오히려 황실에서 반길 수도 있습니다. 역모죄로 예친왕을 죽였으니 그의 흔적을 없애고 싶어 할 것입니다. 아비에게 맡기세요."

한밤의 안개 같은 적막함이 방안을 채웠다. 설강수가 두 사람의 찻잔에다 다시 차를 따랐다. 그가 의순을 향해 나지막하게 말했다.

"제가 나설 일이 아니라는 걸 알고 있습니다만. 공주마마, 이 방 가득한 꽃들을 보소서. 공주께서 채화에 열중하는 이유가 무엇입니까?"

청국에서 지냈던 6년의 세월, 설강수는 의순에게 예를 다해 전해야 할 말만 하고 돌아섰다. 그런데 평소와 달리 설강수가 자신의 목소리를 냈다. 의순의 눈이 크게 흔들렸다. 설강수가 작심한 듯 자분자분 말을 이었다.

"부모 형제가 그리워서라는 것을 알고 있어요. 예친왕이 죽고 난 이후의 충격에서 벗어나지 못하고 계시잖습니까. 늘상 불면증에 시달리시니…. 더 늦기 전에 부모님 곁에서 마음 편히 지내세요. 아버님 뜻에 따르는 것이 좋을 듯합니다."

그제야 금림군이 의순의 방을 둘러보았다. 단정해야 할 여인의 방안이 몹시 어지러웠다. 긴 탁자 위에는 자르다 만 종이와 비단과 삼베, 모시 같은 천 조각들이 널브러져 있었다. 또한 여러 모양의 인두와 대나무 통 그리고 어디 쓰이는지 알 수 없는 물건들도 뒤엉켜 있었다. 금림군이 헛기침을 내뱉으며 탄식하듯 말했다.

"허어! 대체 저 도구들은 다 무엇입니까?"

방안 어디를 둘러봐도 온통 꽃이다. 매화와 연꽃, 월계화, 국화, 찔레꽃 등 화사한 빛깔의 가화假花들이었다. 귀퉁이 기둥까지 꽃 넝쿨이 장식되어 있었다. 의순이 입꼬리를 살짝 올렸다.

"아버지, 예친왕부에 있을 때 황실 채화 장인이었던 청국 시녀가 있었어요. 그때 배운 것인데 이젠 일상이 되었습니다. 채화를 좋아하는 사람들 덕에 제법 소일거리가 된답니다."

금림군이 의순의 손을 잡았다. 손가락 마디마디 굳은살에, 검게 물든 손톱과 불에 덴 흔적까지 있는 거친 손이었다. 금림군의 얼굴이 하얗게 질려 갔다.

"이런 것을 어찌 공주께서 하신답니까? 아무리 소일거리가 없어도 아랫사람이 하는 일을…. 이렇게까지 해야 할 정도로 생활이 곤궁하신 것입니까?"

의순이 다급하게 고개를 저었다.

"아닙니다, 아버지. 무료한 시간들을 비단 꽃을 만들며 잊을 수 있었습니다. 정말이에요. 제 손에서 피어나는 꽃송이를 보면서 위로받았어요."

옆에서 설강수가 부드럽게 덧붙였다.

"대감, 공주께서 채화를 하는 것이 속된 일은 아닙니다. 수를 놓는 일이나 다를 바가 무엇이겠습니까. 다만… 이 비단 꽃들은 공주마마의 그리움이지요."

금림군의 눈에 물기가 아른거렸다. 더 말을 잇지 못한 금림군이 굳은 얼굴로 돌아갔다.

그로부터 한 달 하고도 닷새가 지났을 무렵이었다. 후미진 별채에 좀처럼 모습을 보이지 않던 안친왕이 의순의 처소를 찾았다. 의순이 일어나 고개를 숙여 예를 갖췄다.

"공주, 좋은 소식이오. 공주가 조선 사신단과 함께 조선으로 돌아가게 되었다오. 마음고생이 심했다는 걸 잘 알고 있소이다. 이제 황제께서 승낙하셨으니 걱정할 일 없을 것이오."

안친왕이 홀가분한 얼굴이었다. 사실 안친왕은 황제의 명으로 떠안게 된 의순에게 연민만 있었을 뿐 별다른 관심이 없었다.

며칠 후 설강수가 찾아와 청국 조정에서 일어난 일을 상세하게 들려주었다.

"공주마마, 금림군 대감이 의순공주가 자신의 딸임을 밝히면서, 딸을 돌려 달라는 탄원서를 황제께 올렸습니다. 황제께서 부친의 마음을 이해하고 특별히 의순의 귀국을 허락했다고 하더군요. 마마는 청 황실의 여인이었으니 조선에서도 그리 대접하라는 칙서를 내렸답니다. 황제의 명을 받아 변경까지 수행할 관리를 딸려 보낸다하니 잘된 일입니다. 마마, 이제 마음의 짐을 내려놓으셔도 됩니다."

"아, 아버지…."

설강수의 말이 끝나자마자 의순의 몸이 기울어졌다. 설강수가 그녀의 팔을 붙잡았다. 의순이 두 눈을 질끈 감았다. 의순의 눈에서 눈물이 방울방울 떨어졌다.

서늘한 봄

의순은 가마 쪽문을 닫았다. 가마 밖의 술렁거림이 물결처럼 이어졌다. 6년 전 청국으로 떠날 때 조선을 휘감았던 안타까움은 사라지고 얼음장 같은 냉기가 가마 안으로 스며들었다. 청국에서 한양까지 두 달 가까운 길고 먼 여정의 피곤이 한꺼번에 몰려왔다. 서늘한 봄이다.

의순이 두 눈을 감았다. 조금 전 궁궐에서의 일을 떠올렸다. 사신단 일행과 함께 의순이 대전에 들었을 때, 조정 대신들이 통로 양옆으로 늘어서 있었다. 그 가운데 높다란 단 위에 임금이 보였다. 의순의 등장으로 기묘한 흐름이 대전을 가득 채웠다.

의순은 입술을 꼭 다물었지만 몸이 떨려왔다. 잊은 줄 알았는데 가혹한 운명 앞에 섰던, 열여섯 살의 그날 일이 또렷이 생각났다. 조선과 청국 사신단의 간택 심사를 거쳐 예친왕의 비로 결정되었지만 '충'이라는 대의명분이 있어 그 암담한 과정을 견딜 수 있었다. 청국 사신 파흘내의 거만한 눈길을 받았을 때조차 의순은 당당했었다. 그런데 조선으로 다시 돌아온 지금 대전 안 양쪽으로 늘어선 대신들의 눈길이 온몸을 짓눌렀다.

사신단 대표인 원두표가 앞으로 나아가 고했다.

"전하! 전언으로 미리 아뢰었던 바와 같이, 청 황제의 허락을 받아 의순공주가 환국하였사옵니다."

잠시의 침묵을 흘렀고 임금이 단 아래로 내려왔다. 임금은 바닥에 엎드린 의순의 손을 잡아 일으켰다. 왕의 목소리가 더없이 다정했다.

"의순공주, 고생하였노라. 공주의 충을 어찌 잊겠는가. 이제 과인이 공주를 보살필 것이니라. 고마운 일이지고. 청국에 감사 예물을 보낼 것이다."

"성은이 망극하나이다."

의순과 금림군이 바닥에 엎드려 절을 올렸다.

임금은 사신단 일행과의 의례적인 절차가 끝나자 물러가라 명했다. 의순은 고개를 치켜들고 조정 대신들의 마뜩잖은 눈빛을 맞받아치며 걸어 나왔다. 그러나 뒤통수에 닿는 늙은 시선들이 온몸을 쪼아 대는 듯했다.

궐문을 나서기 전 의순은 뒤돌아 궁궐 안 대전을 돌아보았다. 조선을 통치하는 그곳에서는 쇳덩이처럼 단단한 그들만의 높디 높은 벽이 느껴졌다.

임금이 내어준 가마를 타고 집으로 가는 길, 의순은 그토록 그리워했던 한양의 모습을 보고 싶어 쪽문을 열었다. 그러다 듣게 된 백성의 소리였다. 가마의 쪽문을 닫았지만 그들의 말은 계속 의순의 귓가를 맴돌았다.

"의순공주라니? 죽었다며. 그럼 강물에서 건졌다는 물건이 족 두리 아니었어?"

"그러게. 그럼 오랑캐 놈들하고… 정주, 족두리 무덤은 거짓 인가?"

"쉿, 그만해. 헛소문이든 뭐든, 입 함부로 놀렸다 우리만 경을 치지."

"쯧쯧…. 조선 여인이면 절개를…. 하긴 불쌍하긴 하이."

도무지 알아들을 수 없는 말이었다. 출렁거리는 가마에 불안과 답답함을 더하니 멀미가 났다. 온몸에 오소소 소름이 돋았다. 분명 봄이건만 찬 기운이 가마 안에 한가득 고였다.

"공주마마, 내리셔요."

이윽고 가마 문이 열렸다. 유모가 내민 손을 잡고서 의순이 땅에 발을 내디뎠다. 의순은 사람들 앞에 서 있는 어머니 류씨 부인을 보자마자 달려가 안겼다.

"마마! 우리 어여쁜 공주마마…."

류씨 부인의 넘쳐 흐르는 눈물이 의순의 손과 얼굴을 적셨다.

"어머니!"

꿈에서라도 얼마나 불러보고 싶었던가. 모녀는 몸을 서로 꼭 안고 한동안 떨어지지 못했다. 이렇게 품으면 지난 세월이 없어지기라도 할 것처럼.

"되었습니다. 되었어요. 공주마마, 이리 무사히 돌아오신 것만으로 다 좋습니다."

원래 허약했던 데다가 그동안의 마음고생 탓인지 류씨 부인의 야윈 얼굴에 주름이 늘었고 탄력이 없었다. 류씨 부인은 의순에게 지난 일을 묻지 않았다. 의순도 청국에서의 일을 차마 입에 올리지 못했다. 지금 의순이 발을 딛고 있는 곳은 성리학의 나라 조선이었다.

그날 이후 의순은 류씨 부인의 보살핌을 받았다. 하지만 귓가에 온갖 소리가 날뛰고 자꾸만 가마 멀미를 하듯 속이 울렁거렸다. 주변이 평화롭고 불안할 게 없는데도 잠을 이룰 수 없었다.

불면증에 시달린 지 사흘째 되던 날이었다. 점심 즈음 별당으로 들어선 류씨 부인의 손엔 그릇이 하나 들려 있었다. 특이한 냄새가 의순의 텅 빈 위장을 자극했다.

"아! 들깨 토란탕! 어머니, 잊지 않으셨군요."

류씨 부인이 빙긋 웃었다.

"그럴 리가요. 마마 생각날 때 마마가 없는 이 방에서 토란탕을 먹곤 했답니다."

의순은 찹쌀을 넣고 끓인 들깨 토란탕에 숟가락을 푹 넣어 한 술 가득 떠먹었다. 청국에서도 유모가 만든 토란탕을 먹었지만 이 맛이 아니었다. 조선 땅에서 나는 말린 식재료와 어머니 손맛은 흉내 낼 수 없었다. 류씨 부인은 의순이 먹는 모습을 흐뭇하게 보았다. 의순이 빈 그릇을 내밀었다. 류씨 부인이 고개를 두어 번 흔들었다.

"빈속에 많이 먹으면 탈 나요. 천천히 천천히, 여유를 가집시다, 마마."

의순은 아기처럼 트림을 했다. 류씨 부인이 웃었다.

"어머니, 살 것 같아요. 토란탕 덕에 속이 개운해졌어요."

상을 물린 류씨 부인이 의순의 머리를 쓰다듬다가 깜짝 놀란 듯 이리저리 살폈다.

"마마, 머릿결이 많이 상했군요. 유모더러 동백기름을 가져오라 해야겠어요."

의순이 등을 돌려 어린 소녀처럼 류씨 부인에게 어리광을 부렸다.

"어머니, 빗질해 주세요."

류씨 부인이 자개경대에서 붉은 대추나무 빗을 꺼내 들었다.

"그러지요. 마마는 어릴 때부터 풍성한 머리에 자르르 윤기가 돌았어요. 마마를 이렇게 앉혀 놓고 날마다 빗질을 수도 없이 해 주었지요."

의순이 웃으며 대꾸했다.

"기억나요, 어머니. 바깥에 나가고 싶어 들썩거리다 매번 꾸중 듣곤 했지요."

류씨 부인은 의순의 머리를 오래도록 빗었다. 의순도 류씨 부인의 손길을 느끼니 어린 시절처럼 편안했다. 의순의 머리 손질이 끝나자 모녀는 뜰에 한창 피고 지는 봄꽃 사이를 거닐었다. 그녀들은 오후 내내 거리에서 떠도는 실없는 애기들을 두런두런 나누며 시간을 보냈다. 이런 평범한 일상들을 의순은 그 얼마나 그리워했는지 모른다.

어느새 주변에 어둠이 내려앉았다. 방안에 이불이 나란히 깔려 있었다. 류씨 부인이 다감한 음성으로 말했다.

"그동안 마마가 편히 쉴 수 있도록 별당 출입을 참았어요. 그런데 잠을 이루지 못한다니…. 자아, 이리 오세요. 오늘은 어미가 재워 드릴게요."

의순은 류씨 부인 곁에 누웠다. 어머니의 백단향 내음을 맡으니 마음이 아늑해졌다. 의순은 청국으로 가기 전처럼 류씨 부인의 옛이야기를 들으며 잠들었다. 그날 이후 의순은 류씨 부인과 함께 편안하게 잘 수 있었다.

'그래, 여기는 조선이야. 내 집으로 돌아왔어!'

의순은 가끔 악몽에 시달렸으나 조선에서 돌아온 첫날의 혼란에서 점차 벗어날 수 있었다. 류씨 부인의 그늘에서 홀로 내던져졌던 청국에서의 일을 잊어갔다. 수렁에서 빠져나온 것 같았다. 의순은 주변을 감싸고 돌던 써늘한 기운도 희미해졌음을 느꼈다.

들치기 소녀

구름 한 점 없는 화창한 날이었다. 류씨 부인이 유모와 함께 별당으로 건너왔다. 유모가 누마루 문을 활짝 열었다.

"공주마마, 볕 좋은 봄날입니다. 바깥 공기가 들어와야지요."

류씨 부인 얼굴에 햇살이 찰랑거렸다. 부인의 진노랑 저고리에 연한 먹빛 치마가 한 폭의 수묵화처럼 보기 좋았다.

"공주마마, 오라비 수가 전하더군요. 마마께서 설가 객주 점포에 한 번 들렀으면 한답니다. 설 행수가 새로 들어온 서화 중 좋은 것들을 따로 챙겨 놓았다고 합니다. 아버지와의 인연이 깊어도 그리 마음 쓰기가 쉽지 않은데, 설 대방도 행수도 참 고마운 분들이에요. 수와 허물없이 지내는 것도 그렇고 행수는 듬직하고 살뜰해서 간혹 내 자식처럼 느껴지기도 해요…. 그래요. 단오가 다가오니 한양의 활기를 보는 것도 좋지요. 아, 새 옷을 지어야 하니 나간 김에 천도 좀 보시구요."

의순이 류씨 부인의 손을 잡고 어리광을 부리듯 두어 번 흔들었다.

"어머니, 사가입니다. 말씀 놓으세요. 예전처럼 딸로 대해 주세요. 제가 다시 궁에 들어갈 일도 없지 않습니까?"

류씨 부인이 살짝 미간을 찌푸리며 고개를 저었다.

"아니 될 말이지요. 집 안에 아랫사람도 있고 마마의 신분이 여전하거늘 어찌 그리합니까. 이게 편합니다."

의순은 류씨 부인의 고집에 그만 웃고 말았다.

"어머니, 아버지께서 통 보이시지 않습니다. 오라버니들도 바쁜가요?"

류씨 부인의 얼굴이 어두워졌다.

"벌써 여러 날이 되었어요. 퇴청하더라도 잠깐 머문 후 곧장 궐로 가십니다. 오라비들도 마찬가지예요. 허나 마마께서 염려하실 일은 아닙니다. 마마, 설 행수도 만날 겸 유모하고 바람이나 쐬고 오세요. 예전에 시전 구경하는 걸 무척이나 좋아하셨지요? 흠, 그나저나 마마 몸종을 얼른 구해야 하는데 마땅한 아이가 없어서 걱정이에요."

의순이 류씨 부인의 눈길을 따라 돌아보았다. 어느 사이 유모가 의순의 나들이옷을 챙기고 있었다.

한양의 양가 댁 아씨로 단장한 의순이 사람들 속으로 들어갔다. 장사꾼의 우렁찬 외침과 거친 저자의 말투조차 가슴이 뭉클할 정도로 정겨웠다.

청국의 거리만큼 볼거리가 넘쳐나지 않았지만 의순은 조선 땅 한양이 좋았다. 댕기 머리 소녀처럼 꽃신을 구경하고 등롱과 좌대에 펼쳐진 옷감도 만져 보면서 구석구석 돌아다녔다.

갑자기 주막 옆 골목에서 큰 소란이 일었다. 왁자한 저자에서 흔히 있는 일이었다. 그런데 연이어 내지르는 아이의 비명에 사람들이 우르르 몰려갔고 의순과 유모도 무리에 휩쓸렸다. 아이가 도망치고 건장한 사내가 뒤쫓았다. 곧바로 사내가 아이의 뒷덜미를 잡아챘다. 무명옷을 입은 평범한 여자아이였다. 사내가 아이의 손목을 휘어잡더니 두루주머니허리에 차는 작은 주머니를 빼앗았다.

"요년, 며칠 어디로 도망쳤나 했더니! 내 물건을 들고 달아나?"

칼자국 흉터가 깊은 얼굴의 사내가 아이를 바닥에 쓰러뜨리고 발을 들어 눌렀다. 아이는 꼿꼿이 고개를 들고 사내를 흘겨보았다. 사내는 두루주머니와 아이가 옷 속에 숨겨 둔 칠보 뒤꽂이를 찾아 바지춤에 챙겼다. 그러고는 아이를 일으키더니 두툼한 손바닥을 들어 아이를 때리기 시작했다. 예쁘장한 아이의 얼굴은 금세 부풀어 올랐고 사내의 손질에 힘없이 휘둘렸다. 사람들이 여기저기서 혀를 찼다.

"아이고, 저 왈패, 저러다 애 죽이겠네."

"쟤는 기루에 있던 여편네… 딸이잖아. 장사치들 심부름을 곧잘 하더라만, 무슨 일이래?"

"아, 그 절름발이 환향녀. 몇 해 전에 죽었지. 근데 저게 막쇠 놈 물건인가?"

"여인네 장신구가? 아니여, 훔친 물건이겠지."

막쇠 손이 아이 머리통을 세게 후려갈겼고, 아이가 바닥에 쓰러졌다. 의순은 더는 참을 수가 없었다. 한달음에 달려가 막쇠를 와락 밀치고 아이를 일으켰다. 아이 코에서 흘러내린 피가 저고리를 적셨다.

"이건 또 뭐야!"

막쇠가 손을 치켜든 순간, 유모가 의순의 앞을 가로막으며 소리쳤다.

"네 이놈! 이분이 누군지 알고."

"유모!"

의순이 급히 유모의 말을 막았다. 막쇠가 퉁명스럽게 말을 쏟아냈다.

"에헤, 귀한 분이라 말이지? 아씨, 상관 마시시오. 저년은 나한테 빚이 많단 말이지."

의순이 노여움을 누르며 힘주어 말했다.

"어린아이가 무슨 빚을 졌단 말이냐?"

막쇠가 억지 가래침을 카악 뱉더니 험악한 표정을 지었다.

"에흐흠. 지가요, 저년 어미 약값을 다 대주고 장례며, 딴 놈들
이 해코지 못하게 돌봐줬습죠. 3년 동안 만만치 않은 돈이 든 년
이란 말이여어."

"언제 돌봤어! 무슨 개소리야! 약값을 갚아도 남을 만큼 일했잖
아. 그런데도 계속 더러운 짓이랑 들치기하라고⋯."

아이는 넘어질 듯 몸을 휘청거리면서도 악을 쓰며 대들었다.
막쇠가 또다시 손바닥을 들었고, 의순은 재빨리 유모의 돈주머니
를 잡아채 막쇠 손에 넘겼다. 묵직함을 느꼈는지 사내의 눈이 둥
그래졌다. 의순이 말했다.

"은자다. 충분한 값이 되고도 남을 것이니 이 아이를 놓아 주
거라."

돈주머니를 열어 본 막쇠의 입이 금세 벙싯거렸다. 이때 누군
가 막쇠 손에서 주머니를 낚아챘다. 한눈에 봐도 탄탄한 몸매의
소년이었다. 소년이 주머니를 유모에게 돌려주면서 말했다.

"안돼요. 이 아이는 노비가 아니에요. 이런 놈에게 돈을 주실
필요가 없습니다."

"이놈의 새꺄! 뭔데 남의 일에 끼어들어?"

막쇠가 소년에게 달려들었다. 소년이 가볍게 막쇠의 주먹을 피하자, 막쇠는 화를 참지 못하고 마구잡이 발길질과 주먹을 날렸다. 소년이 막쇠를 거세게 걷어찼고 곧바로 막쇠 얼굴에 피가 흥건해졌다. 제대로 무술을 배운 소년이었다. 소년이 막쇠 목을 움켜쥐었다.

"썩 꺼져! 아니면 관아에 끌려가 곤장을 더 맞을 테냐?"

막쇠는 몇 번 몸을 뒤틀며 버텼지만 소년에게 당하지 못하고 비척거리며 뒤로 물러났다.

"두고 보자. 카아악 퉤!"

끈적한 침을 뱉으며 막쇠가 사람들 틈으로 사라졌다.

"아유, 속이 다 시원하네. 저 막쇠 놈, 이 시전 바닥에서 안 당한 사람 있나?"

"그러게, 소년 무사가 좋은 일 했구먼."

소년을 칭찬하며 사람들이 제각각 흩어졌다. 의순이 소년에게 말했다.

"고맙구나."

소년이 의순 앞에 고개를 숙였다.

"북촌에서 오셨지요? 저는 설가 객주에서 일하는 무진이라 합니다. 행수의 명으로 모시러 가던 길이었습니다."

고개를 끄덕인 의순이 여자아이를 돌아보았다. 유모가 아이의 얼굴에 흐르는 피를 닦아 내고 있었다. 찬찬히 살핀 아이의 차림이 남달랐다. 무명 저고리에다 세모꼴 쪽빛 천을 덧대어 시침했고 머리카락 사이에 색색의 얇은 헝겊을 넣고 땋아 나름 멋을 내었다. 의순이 물었다.

"네 이름이 무엇이냐?"

아이는 대답하지 않았다. 아랫입술을 꼭 다문 아이는 성깔 있어 보였다. 유모가 달래듯 말했다.

"애야, 아무리 굶주려도 남의 것을 훔치는 것은 나쁜 짓이다."

아이가 콧방귀를 뀌었다.

"흥, 이틀째 좁쌀 한 톨 못 먹었어요. 양반 나부랭이들이 뭘 알아? 헉…."

미처 말을 끝내지 못한 아이가 갑자기 픽 쓰러졌다. 유모가 아이를 안았다.

"이런, 실신한 것 같은데 어쩌지요?"

무진이 땅바닥에 무릎을 대고 앉았다.

"제게 업혀 주십시오. 객주가 가깝습니다."

무진이 아이를 업고 앞장서자 의순과 유모가 그 뒤를 따라갔다.

이층으로 기와를 올린 넓은 설가 객주 점포 안은 저자의 소음이 거의 들리지 않았다. 상인들과 함께 마당에 나와 있던 설강수가 다급히 의순을 맞았다.

무진의 등에 업힌 아이를 살핀 설강수가 나무 계단을 밟고 위층으로 올라갔다. 모퉁이 끝방의 문을 연 설강수가 무진에게서 아이를 받아 침상에 눕혔다. 옆에서 상황을 설명하는 무진의 말을 듣고는 뭔가를 지시했다. 무진이 나가자 설강수가 비켜 서 있던 의순에게 다가왔다.

"놀라셨지요? 괜찮을 겁니다. 객주 의원이 돌볼 테니 앉으십시오, 공주마마."

곧이어 방에 들어온 의원과 유모가 아이를 보살폈다. 의순은 설강수가 권하는 자리에 앉았다. 설강수가 족자를 펼쳐 긴 탁자에 올렸다. 그러고는 뜨거운 찻주전자를 들어 잔을 채웠다.

"공주께서 좋아하실 만한 서화라 연락드렸습니다. 바깥 구경할 기회도 드릴 겸해서 나오시라 청한 것인데 뜻밖에 봉변을 당하셨습니다."

의순이 밝게 미소지었다.

"아닙니다, 행수. 오, 이건 화려함이 돋보이는 당나라 회화로군요. 이 귀한 것을 어떻게."

"운 좋게도 쓰촨 지역을 지나다 좌판 노파에게서 구했습니다. 여기 말꼬리가 흐린 게 보이시지요?"

의순이 설강수 가까이 몸을 기울였고 설강수의 눈에 설핏 환한 빛이 어렸다 사라졌다. 의순은 설강수에게서 대숲 향을 맡았다. 설강수와 어울리는 상큼한 향이었다.

의원이 아이에게 침을 놓은 뒤 일어서며 말했다.

"행수, 곧 깨어날 겁니다. 굶주린데다 울화를 다스리지 못해 실신했으니 뭘 좀 먹여야 할 것 같습니다."

"내 그런 줄 짐작했네. 집사에게 밥상을 내오라고 말해 주게나."

침상의 아이가 정신을 차리자 하인이 들어와 탁자에 음식을 차렸다. 유모가 아이를 부축해 등을 쓸어내리며 일으켰다. 아이 돌보는 일에 익숙한 유모였다. 설강수도 아이에게 말했다.

"천천히 먹거라. 무른 음식도 급히 먹으면 체한다."

아이의 모습을 걱정스럽게 지켜보는 의순 앞에 설강수가 노리개를 내놓았다. 매듭 끝에 비단 연꽃 세 송이가 달랑거렸다. 의순이 놀란 눈으로 치자색 치마 앞자락을 보았다.

"이게 어찌 행수 손에 있습니까?"

"무진이가 주더군요. 저 아이가 훔치는 걸 무진이가 봤답니다. 저잣거리 왈패가 떠돌이 아이에게 이런 일을 시키고 아이는 또 그런 일에 물들어갑니다. 저대로 두면 아이는 왈패 손에서 벗어나기 힘들 겁니다."

의순은 정신없이 입에다 음식을 욱여넣는 아이를 바라봤다. 의순의 눈에 측은한 빛이 서렸다. 어쩐지 동그란 얼굴하며 호전적인 눈매가 낯이 익었다.

'아! 그래. 우리 동아를 닮았구나. 초롱한 눈빛이 천상 동아잖아. 동아 그 아이는 어찌 되었을까?'

동아는 도르곤의 딸이다. 첩실 측복진청나라 때, 친왕이나 친왕의 세자, 군왕의 측실 부인에게 내리던 작위이었던 조선인 이씨가 낳은 딸로 도르곤의 유일한 혈육이었다. 순장이 될 처지였다가 누군가 데려갔다는 말을 끝으로 소식을 들을 수 없었다. 예친왕부에서 의순이 어여삐 챙겼던 아이인지라 마음에 남았다. 그 당시 의순의 힘으로 어찌할 겨를 없이 몰아쳤던 일이었다.

이윽고 식사를 마친 아이에게 의순이 물었다.

"내게서 이것을 훔쳤느냐?"

아이가 얼굴을 붉히는 듯하더니 손가락으로 밥상을 문지르며 딴청을 부렸다. 의순은 아이가 스스로 말할 때까지 기다렸다. 주변 사람들 눈치를 보며 머뭇거리던 아이가 퉁명스레 답했다.

"… 엄마가 연등회 때면 절에서 연꽃 등을 만들었어요. 예뻐서 만져 보고 싶었어요."

옆에서 유모가 목소리를 높였다.

"이분이 어떤 분인 줄 알고! 노리개를 훔치다니. 너, 정말 혼쭐이 나야겠구나. 엉?"

아이가 눈을 치뜨면서 유모를 노려봤다.

"그냥 그랬어요. 죽은 울엄마 생각나서 나도 모르게 손이 갔다구요! 어른들은 그럴 때 없어요? 한 가지 생각만 나서 다른 건 눈에 들어오지 않을 때요."

"요, 요 녀석 보게. 어디서 어른한테 말대꾸야?"

의순이 유모의 말을 막으며

"넌 몇 살이냐? 이름은?"

의순의 물음에 아이는 두 손을 모으고 작은 목소리로 답했다.

"열두 살. 명이에요…. 아씨, 고맙습니다."

그러자 유모가 픽 웃으며 아까보다 곰살맞게 말했다.

"그래도 아주 막 돼먹은 아이는 아니군."

무진이 뭔가 생각난 듯 한발 앞으로 나서며 물었다.

"명이? 너, 우리 객주에서 일한 적 있지?"

명이가 무진을 흘겨보며 입술을 비죽거렸다. 그 심술궂은 표정에 무진의 얼굴이 붉어졌다.

"그래, 이 진사 댁으로 심부름을 간 일이 있지. 잘했다고 심부름 값을 줘서 두 끼 국밥을 먹을 수 있었어. 근데 내가 들치기에다 성질 더러운 고아라고 고자질 한 나쁜 녀석 때문에 내쳐졌어. 우이씨, 다시는 점포에 발도 들이지 말래잖아. 아무 잘못도 없는데!"

의순은 곰곰이 생각에 잠겼다. 그런 의순을 본 유모가 손을 내

저었다.

"공주마마, 행여 딴 생각 마세요. 마님께서도 어림없다 하실 겁니다."

명이의 눈이 휘둥그레졌다.

"공주마마요?"

유모가 두 눈을 홉뜨며 말했다.

"그래. 공주마마시다."

유모의 말이 끝나기도 전에 명이가 무릎걸음으로 다가가 의순 앞에 냉큼 엎드렸다.

"아, 청국에서 오셨다는 그 공주님! 공주님, 저도 청국말 알아요. 공주님은 우리 엄마처럼 청국에서 오래 살았다면서요. 저 데려가 주시면 안 되나요? 공주님 몸종 할게요. 네?"

유모가 명이의 팔을 잡아끌었다.

"어림없다. 몸종이라니, 감히 들치기 따위가…."

"유모!"

의순이 화가 난 듯 목소리를 높였다. 유모가 뒤로 물러났다. 의순이 물었다.

"청국말을 어찌 아느냐?"

"엄마한테 배웠고 또 청국에서 태어났어요. 내가 갓난아기 때 엄마가 예전 세자 저하를 따라 돌아왔대요."

"부모님은?"

"없어요. 엄마는 기루에서 일했는데 망나니 도령이 말 안 듣는 다고 때려서 죽였어요."

명이가 의순의 옷자락에 매달렸다.

"공주님, 사람들이 나보고 눈치가 빠르다고들 했거든요. 시키 는 일은 다 잘하고요. 입도 아주 무거워요. 삼거리 주모처럼 험담 같은 건 절대! 절대 하지 않아요."

명이의 조급한 말투에 의순이 웃었다. 그러자 설강수가 나섰다.

"공주께서 괜히 사람들 주목을 받을 필요 없습니다. 걱정되시 면 제가 데리고 있겠습니다."

명이가 의순의 치맛자락을 잡고 완강하게 버텼다.

"싫어요! 시전통은 어디나 같아요. 못된 놈한테서 벗어날 수가 없다구요. 저는 꼭 공주님 따라가고 싶어요. 청국말도 하고 시키 시는 일은 뭐든 할 수 있어요. 네?"

명이의 간절한 눈빛이 물기를 머금고 반짝거렸다.

'이 아이는 내가 청국에 있었다는 것만으로 의지를 하는구나.'

의순이 명이의 머리를 쓰다듬었다.

"마침 집안에 시중들 아이가 필요해요. 명아, 나와 함께 지내 련?"

의순의 말에 명이가 벌떡 일어나더니 두 손을 모으고 큰절을 했다.

"약속해요, 공주님! 절대, 절대 다른 사람 물건을 탐내거나 훔치지 않을게요. 공주님, 명이는 이제 공주님의 몸종이에요. 고맙습니다, 고맙습니다."

명이는 잇달아 바닥에 이마를 찧으며 의순에게 고마움을 표했다. 그런 명이를 설강수는 걱정하는 눈빛으로, 유모는 못마땅한 눈으로 지켜봤다.

붉은 혼례복과
손끝의 꽃송이

아침부터 바람이 세차게 불었다. 의순이 서책을 읽고 있는데 유모가 방으로 들어와 문갑 안을 뒤적였다. 의순이 물었다.

"무엇을 찾는가?"

"마님이 공주마마의 헌 옷을 챙겨 오라셔요. 솜씨 좋은 침모가 왔네요."

이때 문갑 속 옻칠을 한 붉은 함이 의순의 눈에 들어왔다. 유모가 의순의 옷을 챙겨나가자 의순이 자리에서 일어나 문갑을 열었다.

붉은 함의 뚜껑을 밀어내자 먼저 눈에 띄는 것은 황금 구슬관과 얼굴 가리개인 면사포였다. 그 아래 혼례복이 고이 개어 있었다. 조선과 다른, 청국의 붉은 혼례복이었다. 유모가 청국에서부터 긴 세월 간직해 넣어 둔 것이리라. 의순의 가슴 한 곳이 아려왔다. 열여섯 그때와 같은 마음일 수는 없으나 평생 잊을 수 없는 기억이었다.

의순이 면사포와 혼례복을 쓰다듬었다. 예친왕 도르곤이 생각났다. 의순의 눈가가 촉촉해졌다. 비록 일방적인 강요로 이루어진 혼인이었지만 도르곤은 의지할 수 있었던 사람이었다. 그는 낯선 땅에서 무섭고 외로웠던 의순의 마음을 보듬어 주었다. 의순의 기억이 6년 전 그날로 달려갔다.

도르곤은 조선인 공주를 부인으로 맞이하고자 기다리고 있었다. 혼례식을 올리기로 예정되어 있었던 북경이 아닌 연산관에서였다. 주변을 물린 첫 만남에서 도르곤이 냉랭한 표정으로 의순을 지그시 노려봤다. 도르곤은 평생 전쟁터에서 살았던 장수답게 기골이 장대했다. 치켜 올라간 두 눈은 함부로 할 수 없는 황족의 위엄이 있었다. 의순은 무서웠지만 아버지에게 배운 대로 단전에 힘을 주고 당당히 도르곤의 눈빛을 받아냈다. 한참 후 도르곤이 일어나더니 의순에게 손을 내밀었다. 거짓 없는 기쁨이 그의 얼굴에 출렁였다. 얼굴 가득 미소가 번졌고 이어 호탕하게 웃었다.

"하하하, 그대를 꿈에서 본 듯싶소. 공주! 조선의 매처럼 아름답고 굳센 기운이 느껴지는구려. 우리 청나라 무장에게 하늘의 매는 힘과 용기 그리고 자유를 뜻하오. 그대를 백송골이라 부르리다. 나의 하얀 송골매!"

청국은 유목 민족이라 용맹한 사냥 송골매를 귀하게 여겼다. 백송골이라는 청국식 이름은 도르곤에겐 최고의 칭찬이었다.

그다음 날 도르곤은 연산에서 곧바로 혼례식을 준비했다. 끝이 보이지 않는 연산 벌판에 깃발을 앞세운 팔기군의 군사들이 들어찼다. 팔기군은 도르곤 최측근 부대이자 무적의 군대였다. 수만의 팔기군이 번쩍이는 군장을 들고 늘어선 모습을 보면, 전쟁의 공포가 몰려와 보는 이의 가슴을 쓸어내리게 했다.

의순은 붉은 혼례복을 입고 봉황 모양의 예관으로 치장한 후, 위용을 과시하는 팔기군 앞에서 도르곤과의 청국 예식을 치렀다. 혼례식이 끝나자 도르곤은 의순을 최고 정실부인인 대복진으로 삼았다.

청 황실의 권력을 쥐고 있는 영악한 도르곤이었지만 조선에서 온 어린 신부를 아끼고 사랑했다. 첫날 밤 얼굴 가리개인 붉은 면사포를 들추며 소년처럼 장난을 치던 도르곤이었다. 낯선 나라 청국에서 의순은 도르곤을 남편으로 받아들였다. 의순은 아버지의 배려로 오라버니들과 함께 글공부를 했다. 특히 한시를 좋아했으며 시문에 능했다. 하여 필담과 조선 공녀 출신이었던 탄야의 도움으로 도로곤과의 의사소통은 문제가 없었다.

청국에서의 시간이 빠르게 흘렀다. 의순은 조선의 공주로 또 예친왕의 대복진답게 행동하려 애쓰며 왕부에서의 생활에 익숙해져 갔다.

"공주님, 공주님."

명이가 부르는 소리에 의순은 퍼뜩 정신이 들었다. 안채의 집안일을 돕다가 돌아온 모양이었다.

"공주님, 그게 무엇이에요? 온통 붉은색이네요. 붉은 보자기에 금실 수! 화려해요. 우와! 이 예쁜 돌들 죄다 보석이지요? 황금관에 매달린 보석이 석류알 같아요!"

의순이 함 뚜껑을 닫았다.

"… 혼례 때 사용하는 예관과 얼굴 가리개다. 청나라는 혼례식 때 길하다는 붉은색을 사용한단다."

"얼굴 가리개! 우와, 금실로 수놓은 천에 이렇게 많은 보석이 매달린 건 처음 봐요. 예뻐서 눈을 뗄 수가 없어요."

의순이 쓸쓸한 미소를 지었다. 명이가 아쉬운 듯 붉은 함을 매만졌지만, 의순은 모르는 척 문갑 깊숙이 밀어넣었다. 바깥에서 후두둑 소리가 들렸다.

"공주님, 비가 와요."

명이의 말에 의순이 일어나 누마루 끝으로 나갔다. 빗물이 떨어지고 있는 연못이 화사했다. 별당 연못 가득 색색의 연꽃들이 피어나고 있었다.

"아! 꽃잎."

의순의 감각이 깨어났다. 탄야에게서 배웠던 비단 꽃, 채화를 떠올렸다. 탄야는 청 황실의 채화 장인이었다. 예친왕부 내실은 탄야가 만든 채화로 한겨울에도 꽃밭이었다. 탄야가 신과 인간이 어우러져 만든 꽃이 채화라고 했다.

의순은 채화를 알고부터 자수보다 채화의 매력에 빠져 지냈다. 그리움을 채화로 잊었다. 조선의 산천에 피는 꽃들을 손끝에서 연이어 피워 냈다. 평온한 나날이었다. 열여섯 살 의순의 앞날에 다가올 비참한 운명을 그때야 어찌 알 수 있었으리. 그해 섣달 그믐, 청 황실의 연례행사였던 열하 행궁으로 사냥을 떠난 도르곤이 갑자기 죽었다.

도르곤의 죽음보다 더 참혹한 일이 일어난 것은 그 이후였다. 무덤에 산채로 묻혀야 하는 순장의 두려움으로 떨었던 날들, 도르곤이 역적으로 몰려 부관참시당한 날, 예친왕부가 철저히 파괴되던 암흑의 나날이 이어졌다. 그리고 의순의 배에서 자라던 어린 생명도 사라졌다.

의순이 연이은 충격으로 도르곤과의 아기를 유산했을 때 그 고통은 누구와도 나눌 수 없는 것이었다. 지금도 의순은 도르곤이 첫아기의 존재를 알고 얼마나 기뻐했는지 생생하게 기억한다. 서른아홉의 도르곤은 죽음이 날뛰는 전쟁터의 장수로, 암투가 난무하는 황실에서 긴장을 놓을 수 없는 삶을 살았다. 몹시 지쳐 있던 도르곤은 자신의 아들을 간절하게 원했다.

의순은 남편 도르곤도 아기도 잃고 홀로 살을 저며 내고 애간장을 녹이는 시간들을 보냈다. 그 슬픔에서 벗어날 수 있었던 것은 밤낮으로 채화를 만들면서였다.

'하아…. 내가 신비한 꽃 속에 묻혀 지냈던 날들을 잊었구나.'

고향에 돌아온 벅찬 감정은 잠시였으며 조금씩 조여드는 불안이 의순을 힘들게 했다.

"우와!"

누마루 안까지 들이치는 비를 피해 방문을 닫던 명이가 목소리를 한층 높였다.

"공주님, 꽃이 피고 있어요. 연꽃은 해가 뜨는 새벽에 피는데, 쟤들이 특이해요."

의순은 명이를 돌아봤다. 명이는 오늘도 독특하게 꼰 머리 장식과 뜰에 핀 꽃으로 옷고름을 멋스럽게 장식했다. 기발한 생각과 색 감각이 뛰어난 아이였다. 의순이 생긋 웃으며 검지로 명이의 반듯한 이마를 살짝 튕겼다.

"명아, 너 채화 배워 보겠느냐? 꽃 장신구가 예쁘다고 했지?"

명이가 의순을 쳐다보는 눈빛이 환했다.

"공주님, 진작 말씀드리고 싶었는데 유모 할머니가 안 된다고 했거든. 채화가 가짜 꽃 만드는 거 맞죠? 배우고 싶어요. 가르쳐 주세요. 네?"

"그래. 고운 꽃을 우리 손으로 만드는 것이 채화란다. 채화는 생명을 소중히 여기는 마음 꽃이지. 사시사철 피는 꽃이 신비롭지 않느냐?"

의순이 백항아리에 꽂힌 홍도화를 가리켰다.

"이파리나 꽃의 생김새를 자연의 이치에 맞게 하고 꽃잎의 짙고 옅은 색조를 표현해서 계절을 느끼게 하지. 가화지만 생명을 품고 있단다. 인내심과 섬세함이 필요한 작업이다. 작업 과정도 많고 힘들다. 내 손을 봐라. 배우기가 쉽지 않을 터인데 해 보겠느냐?"

"예! 공주님."

명이가 팔을 치켜들고 팔짝팔짝 뛰었다. 의순은 새롭고 신기한 것에 곧잘 마음을 빼앗기는 호기심 많은 명이가 좋았다. 명이의 손가락이 신이 난 듯 꼼지락댔다.

"저 화병의 매화를 보려무나. 좋은 채화들을 만져 보고 느껴 봐야 하는 게 먼저란다. 그러고도 수많은 과정을 거쳐야 하지."

의순이 한쪽에 밀어 둔 마른 꽃잎을 우려낸 대야 물에 손을 씻었다. 의순은 평소 채화를 하지 않아도 늘 꽃잎 물을 사용했다.

"채화 작업하기 전 가장 먼저 해야 할 일은 손에 꽃향기가 배이도록 해야 한다."

의순은 반닫이 장을 열어 채화 도구들을 꺼냈다.

"헉, 도구가 이렇게나 많아요?"

의순은 맑은 미소로 답했다.

"그럼, 얼마나 정교한 작업인데. 꽃에 따라 알맞는 기법과 천을 사용해야 한다. 꽃잎마다 다른 질감이 필요하니 눈여겨보거라. 천의 광택과 결에 따라 음영을 표현하니 예민한 감각이 필요하다. 날이 좋으면 염색하는 것도 알려 주마."

의순은 바닥에 비단 천을 펼쳐 오리고 묶으며 명이가 볼 수 있도록 손가락을 천천히 움직였다. 그러면서 예전에 만들다 넣어 둔 꽃잎들을 이어붙여 꽃송이를 만들어 냈다. 명이가 눈을 동그랗게 뜨며 감탄했다.

"공주님, 채화 점포에서 슬쩍 보긴 했지만 공주님 꽃이 훨씬 예뻐요. 진짜 꽃잎 같아요. 최고예요. 나중에 요런 새나 나비 만드는 것도 가르쳐 주세요."

의순은 채화 도구는 한쪽에다 밀어 두고서 종이와 붓이 놓인 서안을 끌어당겼다.

"쉿! 말은 그만. 우선 꽃 그림부터 그려 보자. 꽃이 어떻게 생겼는지 알아야 할 것 아니냐."

의순은 밑그림이 그려진 종이를 명이 앞에 놓았다. 명이가 잠자코 그림을 그리기 시작했다. 한참을 지켜보던 의순이 명이의 손을 잡았다.

"그게 아니다. 붓을 살짝 들고 이렇게 하면 꽃의 촘촘한 선이 밖으로 뻗어 꽃잎이 되살아나잖느냐. 그렇지. 손끝에 힘이 있구나."

"예전에 절에서 우리 엄마랑 연등 만들기도 했어요."

명이가 자랑하듯 입술을 야물게 내밀었다. 의순의 손놀림을 보고 명이는 곧잘 따라했다.

"명아, 꽃이 아름다운 건 기다리는 마음 때문이다. 추위를 겪어 보지 않으면 따스함을 모르는 것처럼 말이야. 그 꽃의 정성을 손끝에서 피워 내는 것이 채화란다."

"네…."

이때 유모가 두꺼운 서책을 들고 방안으로 들어왔다.

"에그머니, 이제 안 하실 줄 알았는데."

화들짝 놀라는 유모의 반응에, 명이가 두 눈을 깜박이며 의순의 눈치를 보았다. 고개를 든 의순의 얼굴에 잔잔한 미소가 떠올랐다.

"명아, 오늘은 그만하자꾸나."

"예, 공주님."

명이는 날랜 몸짓으로 주변을 정리했다. 유모가 서안 위에 서책을 내려놓으며 말했다.

"오랜만에 두 분 나리가 집에 왔네요. 지금 안방에서 다과를 들고 있어요."

의순이 자리에서 벌떡 일어났다.

"오라버니들이? 유모, 진작 말하지 그랬어."

유모가 의순을 말렸다.

"마님과 말씀 중이라, 이따 가셔요. 이거 재미있는 이야기책이랬는데…."

이미 의순의 발은 당혜여인의 가죽신으로 당초문 장식이 있다를 꿰차고 있었다. 그사이 비는 그쳤고 바람이 선선했다. 단숨에 안채로 건너간 의순은 댓돌에 나란히 놓인 가죽 신들을 보았다.

의순이 막 댓돌에 올라서려 할 때였다. 방 안에서 격한 말소리가 흘러나왔다. 작은 오라버니 수의 목소리였다.

"… 청 황제가 승낙한 일을 조선에서 문제 삼다니요! 아버지께서는 치밀하신 분이라 황제의 칙서까지 받아오셨어요. 어머니, 황제가 청 황실 여인인 마마를 함부로 대하지 말라는 칙서가 내려왔는데도 대신들이 걸고넘어집니다. 자식도 없는 스물두 살의 공주마마가 남자들에게 휘둘리며 늙어 죽었어야 한다는 말 아닙니까?"

큰 오라버니 진이 목소리가 뒤를 이었다.

"허, 수야. 심하구나. 그만하거라."

"형님, 조정 대신들 행태가 그렇다는 말입니다. 말만 번지르르한 자들이 마마를 눈엣가시처럼 여기더니 기어코 일을 키웠어요. 그뿐이 아닙니다. 헌부에서 사신단으로 간 아버지가 멋대로 딸을 돌려 달라고 청하였으니 삭탈관직을 해야 한다고 여러 번 주청했답니다. 공주의 희생을, 공주께서 청국과의 불화를 온몸으로 막았건만! 이게 말이 됩니까?"

"어허, 어찌할꼬!"

류씨 부인의 탄식이 창호지를 뚫고 바깥으로 새어 나왔다.

의순은 대청마루 아래에 몸이 굳은 듯 멈춰 섰다. 과거 자신들의 허물을 덮고자 시끄러운 조정 대신들의 모습이 눈에 선했다.

6년 전 당시 예천왕의 통혼책에 아무도 자신의 딸을 보내려 하지 않았다. 임금조차 젖먹이 딸밖에 없다고 거짓말을 했는데 종친과 대신들이 내놓을 리 없었다. 명나라가 멸망했건만 조선은 여전히 명국을 숭배했고 청국을 오랑캐라 업신여겼다. 의순이 통혼녀로 간택되자 도르곤은 상상을 초월하는 어마어마한 혼수 예물을 한양으로 보냈다. 또한 임금은 금림군과 아들들에게 관직과 하사품을 내렸다. 이에 음모와 시새움이 들끓었고 헛소문은 들불같이 퍼졌다.

의순은 옅은 한숨을 내쉬었다.

'내 아버지가 딸을 오랑캐에게 팔았다는 오명을 뒤집어썼다. 그때도 지금도 아버지의 충은 간데없고, 이 모든 상황을 알고 있는 전하조차 막을 수 없다는 말인가.'

의순은 몸을 돌려 마당으로 난 계단에 발을 올렸다. 헛헛한 발을 내딛다가 그대로 고꾸라졌다. 몸이 허공에 붕 뜬 위험한 순간 누군가 의순의 몸을 받아 안았다.

"공주마마!"

설강수였다. 의순은 화들짝 놀라 설강수를 밀어냈지만 다시 넘어질 듯 휘청거렸다. 설강수가 재빨리 의순을 부축했다.

"설 행수, 괜찮아요. 잠시….'

"가만 계십시오. 별당으로 모시겠습니다."

설강수가 의순의 팔을 잡고 걸었다. 의순은 눈앞에 아득함이 밀려와 그가 하는 대로 이끌려가며 소곤거리듯 말했다.

"행수, 그런데 여긴 어쩐 일이십니까? 의주 변방에 갔다는 말을 들었는데."

설강수가 예의 차갑고 무뚝뚝한 말투로 대꾸했다.

"어젯밤에 한양에 왔습니다. 대감이 부탁하신 물건을 전하러 왔다가 안채에 들렀습니다."

의순이 더는 말을 잇지 못하고 청국에서처럼 설강수에게 의

지했다. 설강수가 별당으로 통하는 쪽문을 열자, 별당 마당 가득
환한 빛이 쏟아지는 듯했다. 먹구름 사이로 한 줄기 햇살이 마당
을 비추었고 누마루에서 명이와 무진의 재잘거림이 흘러나왔다.

"아이들이라 금방 친해지나 봅니다."

의순의 말에 설강수가 답했다.

"마마, 언제든 사람이 필요하면 말씀하세요. 무진이가 열네 살
소년이지만 영특해서 쓸모가 많을 겁니다. 무진도 명이와 어울리
고부터 밝아졌습니다."

의순은 마당에 멈춰서서 아이들을 바라봤다. 꽃 그림자 일렁이
는 연못과 아이들 웃음은 의순과 동떨어진 세상 같았다. 마치 빛
과 어둠이 뚜렷하게 갈라져 있는 듯했다.

'이곳이 정녕 내가 살아내야 하는 조선인가?'

의순의 가슴에서 또다시 탄식 같은 한숨이 흘러나왔다.

침묵

어둠이 지나고 날이 밝아왔다. 밤새 잠을 설친 의순은 머리가 지끈거렸다. 입맛이 없어 식사도 거른 채 마당을 서성였다. 명이가 의순에게 붉은 지화를 불쑥 내밀었다.

"공주님, 어때요? 동백꽃 닮았지요?"

명이는 우울한 의순의 기분을 풀어 주려 짐짓 눈동자를 모으며 우스꽝스런 표정을 지었다. 의순이 명이의 지화를 받아 들고 연못가 바위에 걸터앉았다. 핏빛 같은 종이꽃을 보고 있자니 문득 눈물 한 방울이 뺨으로 흘렀다. 조선이 청국에서보다 더 암울했고 무엇을 해야 할지 길이 보이지 않았다. 명이가 의순의 치마를 잡고 흔들었다.

"공주님, 저자에 나가요. 엄마가 그랬어요. 번잡한 것들 속에 있으면 걱정이 사라질 때가 있다구요."

습관처럼 한숨을 내쉬며 의순은 연꽃에 눈길을 보냈다. 이어 산속 고요한 사찰을 떠올렸고 기도가 하고 싶어졌다.

'그래, 이렇게 지내는 것보다야⋯.'

부처님 전에 예불을 올려 마음속 근심을 떨쳐 내고 싶었다. 의순이 눈을 들어 멀리 산줄기를 바라봤다.

"명아, 삼각산 사찰에 가 본 일이 있느냐?"

명이가 얼른 고개를 끄덕였다.

"그럼요, 마마. 산에 오르다 보면 바위에 새겨진 영험한 석불과 작은 암자도 있어요."

의순은 신나 하는 명이를 앞세우고 집을 나섰다. 명이 말이 맞았다. 도성의 저잣거리는 혼잡했고 생기가 넘쳤다.

"이것 좀 보세요들. 새벽에 만든 두부예요. 얼마나 고소한지 몰라요."

"싱싱한 채소 사서. 깨끗이 다듬어 놓았으니, 절인 생선하고 끓이기만 하면 된다니깐."

"바다 건너서 온 진기한 물건입니다요. 진짜 내가 싸게 줄 터이니 와서 봅쇼들."

갓 잡은 물고기처럼 펄떡이며 열심히 살아가는 사람들을 보니 의순의 기분이 나아졌다. 명이는 노점의 물건을 구경하며 의순보다 약간 앞서 큰길 끄트머리에 다다랐다. 의순이 큰길 중간쯤에 있는 구슬 장신구를 구경할 때였다. 누군가 억센 힘으로 명이를 골목으로 잡아당겼다. 징그럽게 벙싯대는 막쇠였다.

"요년! 내가 널 놓칠 줄 알아? 다신 바깥 구경 못 하게 할 거다."

때마침 무거운 등짐을 진 지게꾼 아저씨가 막대로 막쇠의 발을 걸며 지나쳤다. 그 바람에 막쇠가 몸을 가누지 못하고 기우뚱하자, 명이가 입을 막은 막쇠의 손가락을 힘껏 깨물었다.

"으헉! 이, 이…."

명이는 날쌔게 막쇠의 손에서 벗어나 큰길로 도망쳤다. 길을 오가는 사람들 안으로 뛰어들면서 고함을 질렀다. 저만치 앞에서 느긋하게 걸어오는 순찰 포졸들의 모습이 보였다.

"들치기야, 들치기! 저놈 잡아라."

포졸들이 고개를 두리번거렸고 막쇠는 더는 명이를 쫓지 못했다. 그 틈에 명이가 날 듯이 수레 좌판의 장신구에 정신이 팔린 의순의 손을 잡아끌었다.

"막쇠, 막쇠예요!"

의순이 뭐라기도 전에 명이는 사람들 사이를 요리조리 빠져나가며 말했다.

"저만 따라오시면 돼요. 저자는 제가 잘 알거든요."

어느새 의순과 명이는 계곡물이 흐르는 삼각산 산길로 접어들었다. 명이가 숨을 고르며 의순의 손을 놓았다. 명이 이마에 땀이 흥건했다.

"이제 괜찮아요…. 막쇠! 나쁜 놈, 내가 순순히 끌려갈 줄 알고."

의순이 깜짝 놀라 명이의 팔을 붙잡았다.

"뭐라? 막쇠가 끌고 갔단 말이냐?"

명이가 손을 휘휘 내저었다.

"막쇠 따위 겁나지 않아요. 어디서든 도망치는 덴 자신 있어요."

의순은 걱정스럽게 바라보며 명이의 땀을 닦아 주었다.

"다치지 않았느냐? 그 잠깐 사이에 쯧쯧, 이제부터 어디든 내 곁에 꼭 붙어 있거라. 사랑채 아범이라도 데려올 걸 그랬구나."

"괜찮아요. 여긴 아는 아줌마들이 많으니 저만 믿으세요."

명이가 고개를 힘차게 주억거렸다. 의순은 천진한 그 모습에 웃음이 나왔다.

"그래, 알았다. 명이 너만 믿으마. 어서 가자."

두 사람이 발길을 옮겨 산길을 올라갔다. 산기슭에 다닥다닥 붙어 있는 집들이 보였다. 명이가 손을 들어 그 집들을 가리켰다.

"할미꽃 마을이에요. 저기 살던 아줌마들이 예전에 많이 도와줬어요."

의순이 명이의 손끝을 바라봤다. 불과 두어 달 사이에 명이는 많이 변했다. 이제 아무도 명이가 들치기로 살아갔다는 것을 믿지 못할 것이다. 의순이 명이에게 물었다.

"예전에 부모님과 어떻게 살았는지 기억나느냐?"

명이가 고개를 끄덕이며 천천히 입을 뗐다.

"제가 태어나기 전 전쟁이 있었대요."

의순이 답했다.

"그래, 정묘년과 병자년 때 전쟁이 일어나 사람들이 험한 일을 당했단다."

"예. 그 병자년 전쟁으로 우리 엄마가 포로로 끌려갔대요. 어찌어찌 돌아와서 조방꾼 아버지를 만나 혼인했는데 아버지가 병에 걸려 덜컥 죽고 말았어요. 그래도 엄마가 열심히 일해서 나랑 살았거든요. 근데 갑자기 난봉꾼 도령이 때려서 간신히 숨만 붙어 집에 왔어요. 그때 막쇠가 약값을 내줬어요. 좋은 사람인 줄 알았어요. 하지만 엄마가 죽자 막쇠는 빚 갚으라며 툭하면 들치기나 눈속임 꾼으로 부려먹지 뭐예요. 막쇠는 떠돌이 아이들을 잡아다 도둑질시키고 나중엔 기루나 노예상에게 팔아먹는 나쁜 놈이에요."

명이가 얘기를 하다 말고 손을 들어 계곡 쪽을 가리켰다.

"공주님, 저길 보세요."

산발한 여인네가 물속으로 들어갔다. 두 팔을 휘두르며 알아듣지 못할 고함을 질러 댔다. 계곡으로 뛰어든 또다른 여인이 그 여인을 끌어냈다. 명이가 애늙은이처럼 혀를 찼다.

"쯧쯧, 예전 나라님이 강물에 목욕하면 청국 간 일을 싹 지우기로 했다는데, 죄다 거짓부렁이래요. 강물에 들어갔던 그 아줌마들, 할미꽃 움막에 숨어 살아요. 저한테는 음… 엄마를 묻어 준 고마운 아줌마들이에요."

그때 막쇠가 한 무리의 사람들을 끌고 마을로 앞서 올라가고 있었다. 흥분한 아낙들과 포졸들이 뒤엉켜 수선스러웠다. 명이가 의순을 구릉의 나무 뒤로 이끌었다.

"아휴, 저 쥐새끼 같은 왈패가 또 무슨 일을 꾸민 거야? 저놈 눈에 띄지 않는 게 좋아요."

사내처럼 우람한 덩치의 아낙과 막쇠가 앞장서 마을로 들어갔다. 그 뒤를 포졸 두 명이 마지못해 따라가는 듯했다. 의순이 눈여겨보니 막상 마을 초입에 들어서자 막쇠가 사람들 뒤로 빠졌다.

아낙들이 마을을 지나 외딴 움막으로 몰려가며 해대는 상소리가 차마 듣기 거북했다. 명이가 심상치 않은 그 행태를 보더니, 그들을 따라 주춤주춤 발길을 옮겼다. 아마 자신을 돌봤던 여인들이 사는 마을이라 지나칠 수 없는 것 같았다. 어쩔 수 없이 의순도 명이를 뒤따라갔다.

비탈진 외딴 움막에 성큼 들어간 아낙이 여인의 머리채를 움켜잡고 바깥으로 끌어냈다. 여인의 옷고름이 뜯어지고 찢겨 젖가슴이 드러났다. 아낙의 목소리가 쩌렁쩌렁했다.

"내가 모를 줄 알았어! 버버리벙어리의 방언 주제에 왜 남의 서방을 넘보는 거야?"

아낙 뒤에서 팔을 잡고 있던 다른 아낙들도 덩달아 삿대질을 하며 외쳤다.

"싹 다 잡아가야 해. 저 은비녀도 훔친 걸 거야. 뭐 하슈. 포승줄로 묶으란 말이여!"

"흥, 더러운 것들, 죽지도 않고! 빈대처럼 살고 싶을까?"

"그러게나 말이야. 저것들 때문에 마음 놓고 살 수 있나."

욕설과 아우성이 사방으로 울렸다. 사람들 뒤에서 팔짱을 낀 채 구경하는 막쇠가 보였다. 아낙들이 던지는 돌멩이가 끌려 나온 여인에게로 날아들었다. 얼굴선이 고운 여인이었다.

어디선가 두건을 쓴 여인이 달려와 여인의 몸을 감싸며 소리쳤다.

"우리는 아무 짓도 하지 않았어요. 이 사람은 혀가 잘려 말도 못하는데 무슨 죄가 있답니까! 제발 놔 두란 말입니다."

두건을 쓴 여인을 따라 나온 아이들도 행패 부리는 아낙 앞에서 울었다. 넝마 조각을 걸친 아이들의 울음은 마른 땅의 개구리처럼 가늘고 처량했다. 그러자 다른 아낙들이 달려들어 아이들을 떨쳐 냈다. 가혹한 손길과 말들이 사방에서 쏟아졌다.

"이노무 새끼들! 비켜, 저리 가!"

"잡것들! 불을 확 질러 버리든지 해야지."

의순의 뒤에 있던 명이가 놀란 듯 두건 쓴 여인을 가리키며 속삭였다.

"혁, 단옥 아줌마예요. 어떡해? 피! 머리에서 피가 흘러요."

그러나 의순은 움직일 수 없었다. 환향녀! 아낙들이 내뱉는 말이 화살처럼 가슴에 박혔다.

육모방망이를 든 포졸들은 흥분한 아낙들을 말리는 시늉만 할 뿐이었다. 그나마 몸집이 큰 포졸이 나서서 말했다.

"어허, 그만들 하시오. 이들이 사통했다는 증거도 없지 않소이까."

걸걸한 목소리의 아낙이 소리쳤다.

"봤어. 내가 봤다고. 저쪽 환향녀도 내 서방한테 꼬리 쳤단 말이야."

단옥이 고개를 번쩍 들더니 아낙에게 매섭게 눈을 흘겼다.

"흥, 그게 사실이라면 서방 단속 못 한 네 잘못이지. 그게 어찌 이씨 부인 잘못이냐!"

듣기 거북한 단옥의 거친 목소리였다.

의순은 발끝에서 머리까지 온몸이 굳어지는 걸 느꼈다. 의순은 청국의 풍습인 형사취수제에 따라 청 황실이 정해 주는 대로 처소를 옮겨 몸을 의탁했다. 피할 수 없었던 무자비한 숙명이었다. 아낙들이 던지는 돌멩이가 의순 자신에게 향하는 듯했고 오랑캐에게 몸을 더럽힌 환향녀라는 그들의 잔인한 말이 날아와 가슴에 박혔다.

섬뜩한 시선이 느껴져 돌아보니 막쇠가 어느 틈에 뒤돌아서서 의순과 명이를 족제비 같은 눈으로 노려보고 있었다. 막쇠와 의순의 눈길이 마주쳤다. 막쇠의 얄팍한 입매가 비웃듯 뒤틀렸다. 사람들 때문인지 가까이 다가오지는 않았다. 그때 명이가 발을 동동 구르며 의순의 옷자락을 잡았다.

"어떡해! 애들까지 두들겨 맞고 있어요. 공주님, 말려 주세요. 저러다 다 죽겠어요. 공주님이 나서면 그만두지 않을까요? 네?"

의순은 발길을 돌렸다. 마을은 멀어져갔고 명이가 의순을 따라오며 자꾸 돌아봤다. 의순은 두 눈을 부릅뜨고 바삐 걸었다. 그녀는 침묵했다. 침묵으로 뒤쫓는 소리에 귀를 닫았다.

도성 밖으로

봄이 깊어 가던 오월 중순이었다. 햇볕이 연못에 머물 즈음, 금림군과 류씨 부인이 별당을 찾아왔다. 의순은 일어나 부모를 맞았다. 류씨 부인의 물기를 머금은 눈매가 파르르 떨렸다. 의순은 영문을 몰라 얼떨떨했다. 털컥 겁이 났다.

"어머니, 어인 일로 그러십니까?"

류씨 부인이 잠자코 자리에 앉았다. 담담한 얼굴의 금림군이 말문을 열었다.

"마마. 오늘 아비가 파직되었습니다."

"파직이라니요?"

의순은 금림군을 바라봤다. 금림군 표정이 잠시 허탈해졌다.

"마마, 황제의 칙서가 있었기에 안심하고 있었지요. 나름 대비를 한 셈이니까요. 하나 청국에 사은사謝恩使로 함께 갔던 부사와 서장관들까지 파직되었습니다. 나라의 근간인 기강을 바로잡아야 한다는 헌부의 기세가 워낙 강경해 전하도 어찌할 수 없었을 것입니다."

금림군이 나직하게 말을 이었다.

"그뿐이 아니에요. 우리는 도성 밖으로 나가 살아야 한다는 명까지 떨어졌습니다."

그러자 류씨 부인이 비명처럼 외쳤다.

"대감! 파직으로 끝난 게 아니란 말씀이에요? 집을 떠나야 한다구요?"

느닷없이 이명과 함께 천장과 방이 출렁거렸다. 의순은 두 손을 방바닥에 짚고 몸을 지탱했다. 금림군이 류씨 부인의 어깨를 다독이며 기운을 잃고 주저앉은 의순을 바라봤다.

"부인, 어명이 떨어졌으니 돌이킬 수는 없습니다. 공주마마, 아비가 이미 도성 밖에 적당한 집을 마련했어요. 허허, 마마 탓이 아닙니다. 아비의 충과 마마의 희생을 하늘이 알고 땅이 알고 있지 않습니까."

류씨 부인이 옷고름으로 눈물을 찍어 냈다.

"예친왕이 죽지 않았다면, 우리 마마가 존귀한 분이 되었을 수도 있었을 텐데. 어찌하여 저리들 모질게 구는지….."

그러자 금림군은 단호하게 말했다.

"부인, 꿈에라도 그런 말 마세요. 마마가 우리 곁에 돌아온 것만으로도 믿기지 않을 일입니다. 하늘이 도왔던 일입니다."

"예, 잘 알고 있습니다. 하지만 대감의 노력은 어찌하고요. 대감이 나서서 주도면밀하게 살피지 않았다면 어찌 마마를 구할 수 있었겠어요? 다만 우리 공주마마만 생각하면 예친왕이 지금도 살았으면 하는 아쉬움이 맺혀서…. 억울한 마음에 해 본 말입니다."

류씨 부인의 목소리는 화난 듯 힘이 들어가 있었다.

"더구나 두 아들아이 벼슬까지 강등되지 않았습니까? 온갖 구설수에 집까지 쫓겨나니 피를 토할 일입니다, 대감."

"으흠!"

금림군이 헛기침 끝에 고개 숙인 의순을 바라봤다. 금림군의 입가에 옅은 미소가 서렸다.

"알았소이다. 부인, 그만 하십시다. 쥐구멍에도 볕 드는 날이 있다고 하지 않습니까. 좋은 날이 올 것이니 심려 마세요. 무엇보다 마마가 곁에 있으니 다 괜찮습니다."

의순은 부모 앞에 고개를 들지 못하고 속울음을 삼켰다.

이때 바깥이 소란스러워지며 유모가 들어왔다.

"대궐에서 사람이 나왔습니다. 나가 보셔야겠어요."

금림군과 부인 그리고 의순은 서둘러 사랑채 앞마당으로 나갔다.

"어명을 받으시오!"

의순과 집안 식솔들이 마당에 부복했다. 호조 사도시조선 시대 대궐 곡식을 관장하던 관청에서 나온 집행관 관리가 나섰다.

"어명이오! 공주마마께서 곤궁한 일이 없도록 나라에서 평생 양곡을 보급할 것이오."

"성은이 망극하옵니다."

의순이 임금이 있는 동쪽을 향해 세 번 절을 했고 문서를 전달받았다. 이어 양곡을 싣고 온 큰 달구지가 줄을 이어 들어왔다. 관아의 하인들이 가마니를 마당 가득 부려 놓고 돌아갔다. 아침나절 내내 관아 하인들이 부산하게 움직여 식솔들의 정신을 쏙 빼놓았다.

그 광경을 말없이 지켜보던 금림군이 사랑방으로 올라가자 류씨 부인이 말했다.

"그래도 임금께서 마마를 위해 애써 주시니 감사할 따름이다."

유모가 혀를 차며 중얼거렸다.

"쯧쯧, 임금님도 참. 우리 마마께 함부로 대하는 놈들 혼쭐이나 내지 않으시고…."

류씨 부인가 화들짝 놀라며 유모를 꾸짖었다.

"어허, 유모. 큰일 날 소리! 알 만한 사람이 어찌 그러는가. 집안 사람만 있는 게 아니니 말조심해야 하네."

의순의 귀에 주변의 소리가 아득히 멀어지면서 또다시 어지럼증이 몰려왔다. 명이가 눈치 빠르게 의순의 팔을 잡았다. 의순이 류씨 부인에게 억지 미소를 지었다.

"어머니, 저는 이사할 짐을 챙겨야겠습니다."

의순이 명이를 의지해 별당으로 돌아왔다. 명이가 물었다.

"공주님, 괜찮으세요? 입술이 하얗게 변했어요."

의순은 보료에 쓰러지듯 누웠다. 명이가 얼른 납작 베개를 받쳐주었다.

"물 좀 떠다 주련?"

혼자가 된 의순은 두 눈을 감았다.

'모든 것이 나로 인해 일어난 일이다. 식솔들이 고통받고 있구나. 이 조선이란 나라는 어찌 이런가. 전쟁이 끝난 지 20년이 지났건만 아직도 조선은 깜깜하구나.'

바로 그다음 날이었다. 승정원에서 동부승지가 찾아와 어명을 전했다.

애초에 의순공주가 청나라로 간 것은 조정의 명 때문이었으니, 돌아오는 것 또한 반드시 조정의 명을 기다려야 하는 것이었다. 금림군은 조정을 업신여기며 제 뜻대로 딸을 돌려 달라고 청 황제에게 청하였으니 용서할 수 없다. 그 죄를 물어 관직을 삭탈하고 한양 도성에서의 거주를 불허하노니 즉시 어명을 따르라.

금림군에게 들어 이미 알고 있었지만 의순은 참담했다. 왕족이 그것도 공주가 하루아침에 도성 밖으로 쫓겨나다니! 식솔들의 숨죽인 탄식과 울음이 담 밖을 넘어갔다. 집 안은 초상집처럼 가라앉았다.

며칠 후 금림군이 급히 마련한 집은 돈의문^{서대문} 밖 연은방^{은평구} 초가였다. 단촐한 초가였지만 사랑채와 안채 그리고 아담한 별채가 있는 집이었다. 당분간 식솔들이 거처하기에 부족함은 없어 보였다.

의순이 류씨 부인을 도우려고 안채로 건너갔더니 방물장수 임이네가 와 있었다.

"아유, 공주마마. 안녕하십니까요. 소인, 도성에 들어온 참에 문안 인사 왔구먼요."

언제봐도 웃는 얼굴에 붙임성 좋은 임이네였다. 임이네는 류씨 부인이 친정에 있을 때부터 드나들던 방물장수였다. 그녀의 방물 바구니에는 특이하고 고급스러운 물건들이 많아 사대부 부인네들과 친분이 돈독했다. 임이네가 명이를 보고 반가워했다. 임이

네와 명이 어머니는 동무 사이였다.

"막쇠 고얀 놈, 명이 네게 시키면 속셈이 있었을 거다. 글쎄, 요즘 조 대감 댁을 뻔질나게 드나든다더라. 또 뭔 사달을 내려는지. 어쨌든 그놈 손아귀에서 벗어나 다행이다, 다행이야."

연신 명이의 머리를 쓰다듬는 임이네 눈길이 따뜻했다. 명이가 임이네의 손을 붙잡고 응석 부리듯 매달렸다.

이사한 지 열흘째, 설강수와 오라버니 수가 찾아왔다. 류씨 부인의 부름을 받고 의순이 안채로 건너갔다. 방 밖으로 울분을 토하는 수의 목소리가 새어 나왔다.

"아버지께서는 애간장이 찢기는 아픔을 안고 나라에 딸을 바친 분이십니다. 그때 딸자식을 빼돌렸던 자들이 앞장서서 아버지 탄핵을 입에 올립니다. 어머니, 불평하는 게 아니에요. 저들이 그토록 내세우는 사람 도리가 아니지 않습니까!"

의순은 마루로 올라가려던 발길을 멈추고 유모에게 일렀다.

"어머니께 좀 있다 뵙는다고 전하게."

명이가 자꾸만 안채 쪽을 돌아보며 의순의 뒤를 따랐다.

별당으로 돌아온 의순은 명이에게 하다만 채화를 가져오라 일렀다. 명이가 냉큼 도구를 챙겨 의순 앞에 늘어놓았다. 명이가 참새처럼 종알거렸다.

"공주님, 우리 이사했다고 행수님이 오셨나봐요. 행수님은 언제 봐도 멋져요."

의순이 둥근 인두로 꽃잎의 곡선을 만들던 손을 멈추고 명이를 바라봤다.

"설 행수가 네 마음에 들어오더냐? 네가 마구 부려먹는 무진 오라비보다 좋은 게야?"

"예! 공주님, 행수님은 정말 잘 생기셨어요. 한양, 아니야, 조선 최고인 것 같아요. 흐흥, 무진이는 무진이지요. 무진이는 객주에 있는 걸 더 좋아하고 또 여기가 도성 밖이라 만나기 힘들어요. 아무튼 오늘은 좋은 날이에요. 이따가 행수님이 별채에 오겠죠?"

의순이 피식 웃었다.

"너, 그래서 자꾸만 뜰을 기웃거렸구나."

그때 바깥에서 듣기 좋은 묵직한 목소리가 들렸다.

"마마, 설강수입니다."

명이의 얼굴이 환해지며 냉큼 일어나 방문을 열었다.

"공주님, 행수님이에요!"

의순도 일어나 설강수를 맞았다. 의순은 청국에서보다 못한 자신의 처지가 부끄러워 얼굴이 달아올랐다.

"어서 오세요. 말씀 끝나셨어요?"

설강수는 의순에게 공손히 고개를 숙였다가 대답했다.

"예, 공주마마를 뵈려고 먼저 나왔습니다. 서역에서 유행한다는 꽃 그림을 구했기에."

의순은 설강수의 눈길을 의식하며 명이에게 말했다.

"명아, 다과상 내오너라."

그제야 명이를 본 설강수가 놀란 듯 말했다.

"오호, 그 사이 명이가 많이 컸구나. 길 가다 마주쳐도 몰라보 겠어."

"헤헤, 음. 제가 먼저 알아보면 되지요."

명이가 나갈 생각은 않고 옷고름을 돌돌 말며 서 있었다.

"명아, 다과상을 가져와야지."

의순은 명이의 달뜬 마음을 가라앉히려 짐짓 엄한 소리로 불렀 다. 그제야 명이가 방문을 열더니 뜰을 가로질러 뛰어갔다. 바깥 에 서 있던 무진이 명이 뒤를 쫓았다. 두 아이가 사라지자 설강수 가 도포 자락을 떨치며 자리에 앉았다. 의순과 마주한 설강수의 눈빛이 흔들렸다.

"마마, 어찌 얼굴색이 편치 않으신 겁니까? 불편하신 데라도 있 으십니까?"

설강수의 말에 의순은 고개를 저었다.

"아닙니다. 요즘 잠이 모자라 그런가 봅니다. 설 행수, 그나저 나 매번 이렇게 귀한 물건을 가져다주서서 제가 어찌 다 보답하 지요?"

의순이 설강수가 가져온 그림을 펼쳐 보았다. 색감이라든가 그림의 형태가 예사롭지 않았다.

"이런 그림은 처음입니다. 짙은 색도 색이려니와 구도나 빛을 표현한 방식이 서역과 우리는 확연히 다른 것 같습니다."

"… 예, 천천히 감상하시지요. 흠….''

설강수의 대답이 뭔가 더 할 말이 있는 듯했다. 의순은 예민해졌다.

"행수, 하실 말이 있습니까?''

"청국 일이라, 공주께서 잊으셔야 하는 일이긴 하나…. 그게 동아 소식입니다. 그동안 사촌 오라비에게 의탁하고 있었더군요. 어린 나이에 몽골인과 정략 혼인해야 한다는 소문이 파다하여 신군왕과 상의 끝에 동아를 설씨 가문에서 돌보기로 했습니다."

의순 얼굴에 기쁜 빛이 떠올랐다. 설강수의 세심한 배려였다.

"동아는 영특한 아이입니다. 설씨 집안의 은공을 잊지 않을 거예요. 도르곤 전하도 하늘에서 귀한 따님을 지켜 주었다고 고마워할 겁니다. 행수, 고맙습니다."

의순의 말에 설강수가 슬몃 미소를 머금었다가 손가락을 바닥에 톡톡 두드렸다.

"공주마마 마음이 편안해졌다면 다행입니다. 그런데 한양 땅이 소란스럽더군요."

설강수의 솔직한 말에 당황한 의순이 억지웃음을 지었다.

"소문을 들으셨군요. 행수, 제 속마음을 듣고 싶은 겁니까? 괜찮다고 한들 믿지 않으실 테니…. 사실 마음이 초조하고 불안합니다."

의순이 짧은 숨을 내쉬면서 말을 이었다.

"견뎌 내고 있습니다. 행수도 알다시피 이 채화 만드는 일이 소일거리이자 근심을 잊게 하는 일이기도 해서…. 명이를 가르쳤더니 제법 흉내를 내고 있어요."

설강수가 고개를 돌려 방 안 한쪽에 수북이 쌓인 꽃잎들과 채화 도구를 둘러보았다.

"마음이 힘들수록 마마의 채화 솜씨는 남달랐지요. 마마, 방 안에서 봄날의 꽃잎을 봅니다."

설강수가 의순 앞으로 몸을 내밀었다.

"아, 공주마마. 한양에 채화 점포가 있긴 합니다만 마마의 채화야말로 공짜로 주기에는 아깝습니다. 하하, 제가 장사꾼이지 않습니까? 돈이 되는 물건을 잘 알아봅니다. 장식용 꽃이 필요한 곳은 많으니까요."

설강수의 얼굴에 진지함이 묻어났다.

"마마, 사람들은 제 돈으로 사야 물건을 귀하게 여긴답니다. 마마의 꽃은 그만한 가치가 있지요. 제가 판매처를 알아볼 수 있습니다만."

의순은 고개를 가볍게 흔들었다.

"아닙니다. 아니에요. 말들이 많은데 이런 일까지 한다면 한양이 또 한바탕 난리가 날 겁니다. 조선 공주가 할 일이 아니라며 들고 일어날 일이지요."

그때 명이가 들어왔다. 다과상을 내면서도 명이 눈길은 설 행수를 향하고 있었다. 명이의 눈빛은 새싹처럼 풋풋하고 달차근한 소녀의 설렘이었다.

"설 행수, 우리 명이가 행수께서 멋진 분이라고 하네요. 무진이보다 행수가 좋답니다."

"어, 공주님!"

명이 얼굴이 단번에 붉어졌다. 설강수가 명이의 머리를 두어 번 쓰다듬었다.

"허허, 나도 공주마마 곁을 지키는 명이 네가 귀하단다."

설강수의 손길에 명이가 어쩔 줄을 몰라했다. 의순의 입가에 미소가 번졌다. 먹빛 난초가 그려진 하얀 저고리에 쪽빛 치마를 입은 의순의 모습은 청초하다 못해 헛것처럼 보였다. 의순에게서 고개를 돌린 설강수가 나릿나릿 차를 마셨다. 찻잔을 내려놓는 설강수의 눈가에 얼핏 물기가 어렸다.

서러운 여인들

구름이 뭉실뭉실 흘러가는 한여름 하늘은 눈부셨다. 의순의 앞에서 대장간으로 향하는 명이의 발이 가벼웠다. 그 한걸음 뒤에 무진이 따르고 있었다. 대장간에 들어서는 의순 일행을 본 대장장이가 물건을 챙겨 나왔다.

"나오셨습니까. 말씀하신 대로 만들었습지요. 아씨."

대장장이는 의순을 대갓집 부인으로 알았다. 대장장이에게서 건네받은 대바구니가 무거운지 명이가 기우뚱거렸다. 무진이 얼른 명이에게서 대바구니를 받았다.

"어, 아저씨, 지난번보다 무겁네요."

"소년 무사한테 그쯤이야. 옛다, 여기 가위도 있다."

대장장이가 무진의 팔 위에 둘둘 말은 헝겊 뭉치를 얹었다. 명이가 주머니에서 엽전을 꺼내 대장장이에게 건넸다.

"어이쿠, 매번 이리 넉넉히 챙겨 주시니 고맙습니다요, 아씨."

대장장이가 의순을 향해 허리를 굽혔다.

"주문대로 잘 만들어 주니 내가 고맙네. 그럼 국화판과 매화골도 부탁하겠네."

"예, 예. 그리 합지요. 아씨, 살펴 가십시오."

대장장이의 배웅을 받으며 의순은 대장간을 나섰다. 언제나 그렇듯 저잣거리는 짐수레와 오가는 사람들로 복작거렸다. 약방 골목에 들어섰을 때였다. 지나던 사람들이 한곳에 멈춰 웅성거렸다. 여인들과 남자가 서로 뭔가를 따지는 듯한 소란에 사람들이 점점 많이 모여들었다.

의순이 말릴 새도 없이 명이가 쪼르르 앞으로 달려가자 의순과 무진이 사람들 사이를 비집고 들어갔다. 약방 하인 앞에 두 여인이 무릎을 꿇고 있었다. 핏방울이 바닥에 점점이 떨어져 있는 곳에서 한 여인이 숨가쁜 기침을 했다. 하인이 여인들을 내쫓으려 했지만 그들은 한사코 매달렸다. 명이가 그 여인들에게 뛰어들었다.

"단옥 아줌마! 송주 아줌마!"

단옥은 주변 눈치를 보며 명이를 밀어냈다. 이때 자지러지게 기침을 내뱉은 여인이 기진한 듯 바닥에 쓰러졌다. 더벅머리 약방 하인이 고함을 쳤다.

"환향녀 주제에 어디서 진료를 받겠다는 거야! 의원께서는 돌봐야 할 환자가 많으니 돌아가라고! 병들어 죽든 자결하든, 다른 데로 가. 왜 자꾸 찾아오냐고."

단옥이 돌아서는 하인의 옷을 움켜잡았다.

"혜민서 약이 낫지 않아 그러니 한 번만 봐 주세요. 값을 지불한다지 않습니까."

약방 하인이 단옥의 손을 떨치며 눈알을 부라렸다.

"지난번에도 왔잖아. 딴 데 가라고 몇 번을 말해. 더 험한 꼴 당하기 전에 가요!"

단옥이 고통스러워하는 송주를 끌어안고 울부짖었다.

"이보시오, 아픈 자를 돕는 것이 의원의 일이거늘, 어찌 우리만 약을 줄 수 없다는 거요."

주변에 모여든 사람들의 수런거림이 커졌다.

"원래 허 의원이 욕심이 많은데 뒷말을 듣기 싫어서겠지."

"의원도 사람들 눈치를 봐야 하니 당연한 거야. 피를 뱉는 걸 보니 돌림병인가?"

뒤에서 사람들을 헤집고서 누군가 목청을 높였다.

"훠이, 병 옮길라. 캬악 퇴퇴! 재수 없는 것들!"

막쇠였다. 명이 얼른 무진이 뒤에 몸을 숨겼다.

간신히 몸을 일으킨 송주가 있는 힘을 다해 악을 썼다.

"클럭클럭…. 윽, 나는 죽지 못한다! 내가 무얼 잘못했는데. 누가 말해 봐! 조선 놈들아, 전쟁 포로로 끌려갔던 게 내 죄더냐! 클럭클럭…."

그 말을 끝으로 송주는 실신했다. 그러자 단옥의 눈이 섬뜩해졌다. 그녀의 눈빛과 마주치는 순간 의순은 칼날에 베인 듯 눈이 쓰라렸다. 단옥의 품에 축 늘어진 송주를 봤다. 지난번 마을에서 외면했던 여인들이 떠올랐다. 비겁했던 일을 더이상 되풀이하고 싶지 않았다. 의순이 주먹을 꽉 쥐었다.

앞으로 나가려는 의순의 몸짓에 무진이 길을 텄다. 막쇠가 명이와 의순을 노려보더니 사람들 틈을 빠져나갔다. 의순이 하인 곁을 지나 약방 안으로 들어섰다. 마침 방문을 열고 마루로 나오는 의원과 마주쳤다. 의순이 힘주어 말했다.

"나는 의순공주다."

의원이 선뜻 내려오지 않자 무진이 두 눈을 부릅뜨며 소리쳤다.

"공주마마시다! 의원은 예를 갖추시오."

무진이 검집에 손을 얹은 채 한 발 앞으로 다가갔다. 그제야 의원이 마당으로 내려서며 허리를 약간 굽혔다. 꼿꼿하게 고개를 치켜든 의순이 말했다.

"의원이 사람을 가려 진료를 하는가? 보아 하니 딱히 급한 환자
도 없는 듯하니 밖의 여인을 보살피라."

의원이 못마땅한 듯 연신 헛기침을 하며 약방 밖으로 나갔다.
이어 하인이 송주를 업고 들어왔고 그 뒤를 단옥이 따라 들어왔
다. 의원이 송주를 진료할 동안 단옥은 의순 앞에 고개를 숙였다.

"감사합니다. 송주를 살려 주신 은혜 잊지 않겠습니다."

명이가 소곤거렸다.

"단옥 아줌마, 이분은 공주마마세요."

단옥의 눈이 샐쭉해졌다. 의순을 흘깃 보다가 잠자코 고개를
돌렸다. 의원이 나왔다.

"폐에 한기가 있는 데다 해수병이 오래되어 잠시 시침을 했다
고 낫지 않소. 약을 처방해 줄 테니 데리고 가시오. 약만 꾸준하게
먹는다면 차도가 있을게요. 공주마마, 저들을 치료했다는 소문이
나면 사람들이 우리 의원을 찾지 않습니다."

의순이 고개를 끄덕였다.

"고맙소. 약값은 지불할 테니 좋은 약으로 처방해 주시오."

무진이 의순에게 귓속말을 했다.

"마마, 그만 돌아가시는 것이 좋겠습니다. 구경꾼들이 몰려들
고 있습니다."

의순이 고개를 저었다.

"여인들이 사는 곳까지 데려다 줘야겠다. 저 사람들 눈빛을 봐라. 승냥이들 같지 않으냐? 필시 곤경에 처할 것이다."

"하오나…."

그때 단옥이 송주를 부축해 마당으로 내려섰다. 명이가 약봉지를 들고 뒤따라 나왔다.

"공주님, 저는 아줌마들이랑 할미꽃 마을로 갔다가 갈게요. 무진이랑 먼저 돌아가서요."

그러나 의순이 무진의 손에서 검과 대바구니를 받았다. 의순의 눈짓에 무진이 성큼 나서서 송주를 부축했다. 단옥의 뒤를 따라 이들은 함께 마을로 향했다.

계곡을 따라 들어간 삼각산 자락에 마을이 있었다. 양지 바른 언덕 위에 할미꽃들이 한창이었다. 솜털 송송한 꽃자루가 보드라운 흙바닥을 향해 있었다. 그 검붉은 꽃무리가 보기 좋았다. 의순이 무심히 말했다.

"할미꽃이 정말 많구나. 이래서 할미꽃 마을이라 부르는가 보다."

할미꽃 언덕을 넘자 초가들이 나타났다. 묵은 짚으로 엮은, 그마저 짚더미가 숭숭 빠진 초가와 너와로 엮은 집들이 즐비했다. 흙벽을 되는 대로 쌓아 올리고 묵은 짚과 솔가지, 썩어 가는 나뭇조각으로 겨우 지붕을 가린 너절한 움집이었다. 하대청계천 일대의

넝마촌보다 더 허술해 비바람과 추위를 막아 주지 못할 듯했다. 이런 곳이 환향녀들의 보금자리였다. 게다가 골목마다 집집마다 얄궂은 구린내가 물씬 풍겼다. 오물이 썩는 역한 냄새로 숨조차 쉴 수 없었다. 여름이라 더 심했다.

의순은 저도 모르게 손으로 코를 막았다. 어디선가 천박한 욕설이 연이어 들렸다. 그런 중에도 아이들은 마을 옆으로 흐르는 개울가에서 뛰놀고 있었다. 단옥이 송주의 거처인 듯한 곳의 낡은 거적을 들추었다. 무진은 송주를 바닥에 내려놓았고 단옥이 의순에게 말했다.

"공주마마, 도와주신 은혜 잊지 않겠습니다. 귀한 분이 머물 데가 아니니 그만 가세요."

의순은 구멍이 숭숭 뚫린 낮은 천장을 바라보며 물었다.

"비 올 때는 어찌 하는 건가? 이렇게 허술한 데서야 없던 병도 절로 생기겠구나."

단옥이 대수롭지 않은 듯 대답했다.

"그깟 비가 대숩니까? 아이들을 먹여 살리자면 무슨 일인들 못할까요? 그보다 마마, 어서 돌아가세요. 이 마을에 계셨다는 소문이 나면 힘들어지십니다. 명아, 공주마마 모시거라."

단옥이 입구의 거적을 열었고 의순이 나갈 때까지 고개를 돌리고 외면했다. 명이 손에 이끌려 떠밀리듯 바깥으로 나온 의순은 주변을 휘둘러보았다. 초췌한 아이들이 몰려들었다.

"한 푼만 줘요. 한 푼만요. 배고파요."

"도와줘요. 한 푼만 줍쇼오."

아이들이 앞다투어 손바닥을 내밀었다. 습관처럼 모두 똑같은 말을 뱉었다.

무진과 명이가 길을 텄고 의순은 그곳을 빠져나왔다. 집으로 돌아오는 내내 의순의 얼굴은 눈물을 쏟을 것처럼 어둡고 침울했다.

'환향녀란 이름 아래 언제까지 저리 살아야 하는가? 이들을 지켜 주지 못한 것은 조선이다. 그리고 청국인과 혼인했던 나도 환향녀다.'

의순은 비통한 마음을 떨치려고 하늘을 올려다보았다. 눈부시게 청명한 하늘에 꽃송이 같은 구름이 무심히 흘러갔다.

어느새 아침저녁으로 바람이 선득해졌다. 별당의 나무마다 잎새들이 곱게 물들고 있었다. 명이가 단장을 하는 의순에게 비녀를 건네며 말했다.

"공주님, 무진은 새벽에 설가 객주로 갔어요. 급히 할 일이 있어 다녀온다고 했어요. 공주님께 앙심 품은 막쇠가 설친다면서 바깥 출입 마시라고 당부했어요."

의순이 경대를 접으며 잠자코 고개를 끄덕였다.

명이가 채화 염색을 위해 모아 둔 꽃과 쪽들을 가을볕에 말리고 있을 때 유모가 별당을 찾아왔다. 명이가 제법 제 일을 해 내자 유모는 안채에서 류씨 부인의 시중을 들었다. 유모가 속이 상한 듯 의순 앞에 앉자마자 불퉁한 목소리를 냈다.

"마마, 저자에서 환향녀를 도우신 일로 시끄럽습니다. 침을 뱉고 허접쓰레기로 대문 앞을 더럽히는 자들이 허다해요. 개중에 대갓집 하인들이 나쁜 소문을 퍼트리고 다니는 것을 소인도 보았나이다. 마마께서 혹시나 곤욕을 당하실까 저어되어 바깥출입을 자제하라십니다."

의순은 기가 막혀 헛웃음을 지었다.

"허 참! 세상인심이란 것이."

유모의 얼굴도 일그러졌다.

"그러게 말입니다. 예친왕 전하가 살아있을 때 어찌하든 줄을 대려 했던 자들이 저리 변할 줄 몰랐어요. 특히나 조 대감댁 집사가 왕부에 다섯 번은 족히 다녀갔었지요? 황제국 마마라면서 거짓 웃음 짓던 모습이 눈에 선한데, 그런 자들이 앞장서서 흠집을 내려 하네요. 예친왕 전하가 있어 조선이 평안했다던데. 아, 소인은 복잡한 정치야 모르지만 그 당시 왕부 사람들이 그랬어요."

"어허. 유모!"

의순이 손바닥으로 서안을 내려치자 유모가 흠칫했다. 무안해진 유모가 일어나 밖으로 나갔다. 명이 찻상을 내려놓으며 의순에게 말했다.

"공주님, 제가 엄마한테 들은 이야기를 들려드릴까요?"

열린 창으로 연못을 바라보고 있던 의순이 고개를 들었다. 연못에는 연잎에 맺혔던 이슬이 여름 햇살에 마르고 활짝 핀 연꽃들이 고왔다. 연꽃의 은은한 향내가 별당을 떠돌았다.

명이가 청록색 꽃무늬 찻잔에 찻물을 따랐다. 설강수가 선물한 청국 찻잔으로 의순이 아끼는 것이었다. 의순이 찻잔을 기울자 명이의 눈빛이 반뜩이며 이야기를 시작했다.

"저 청국 너머 먼 북방에 몽골이라는 나라가 있었대요. 그곳 위대한 영웅이 전쟁에 져서 부인을 빼앗겼다지 뭐예요. 영웅은 몇 년 후 그 부족과 싸워 부인을 구했는데 불행히도 부인은 적군의 아기를 임신한 상태였어요. 부하들이 영웅의 아내가 될 자격이 없는 부인을 버려야 한다고 했어요. 그러자 영웅은 '사내가 지켜 줘야 할 때 지켜 주지 못해 생겨난 일이기 때문에 부인의 잘못이 아니다'며 부하들을 꾸짖었답니다. 그리고 부인이 아이를 낳았을 때 자신의 아들로 받아들여 끝까지 부인과 아들을 지켜 줬다고 해요."

명이가 목청을 가다듬고 다시 말을 이었다.

"흠흠, 오랑캐에게 잡혀갔던 여자들이 자결해야 한다고 하지만 그건 아니잖아요. 공주마마 제 말이 맞지요?"

의순은 아무 말도 하지 못했다. 열두 살 어린 명이도 세상살이의 숨은 진실을 알고 있었다. 짙푸른 연잎과 새하얀 연꽃에 눈을 돌리며 가만히 한숨을 쉬었다.

벽서와 돌멩이

할머니 기일을 하루 앞둔 안채 부엌에서는 아낙네들이 제사 음식을 준비하느라 분주했다. 예전보다 좁아진 부엌에서 아낙들이 허둥대자 의순이 별채 마당을 사용하도록 허락했다. 유모와 찬모가 마당에다 천막을 치고 솥을 내걸었다. 이내 아낙들의 소리와 움직임이 왁자해졌다.

의순 곁에서 채화 도안을 그리던 명이가 고개를 들었다.

"공주님, 집안이 시끄러운데 잠시 나갔다 올까요? 무진이 오면 갈까요?"

"어허! 또또 오라비한테 무진이라니…. 그럼 못써."

명이가 혀를 쏙 내밀며 웃었다. 그동안 친숙해진 명이와 무진은 친오누이처럼 허물없이 잘 지냈다. 의순이 물었다.

"너, 할미꽃 마을에 가 봤느냐? 그 왜 송주인가, 기침은 좀 어 떠하더냐?"

명이가 두 눈을 깜박거렸다.

"저도 몰라요. 안 가 본 지 한참이에요."

의순이 생각에 잠겼다가 말했다.

"잠깐 나가는 건데 괜찮겠지. 명이야, 네 말대로 하자꾸나."

명이가 방긋 웃으며 걸개의 쓰개치마를 가져와 내밀었다.

의순과 명이가 산기슭을 타고 올라 눈에 익은 할미꽃 마을로 들어섰다. 명이를 앞세운 의순은 역한 냄새가 여전히 낯설었다. 움막의 거적을 열었다. 대낮인데도 어두컴컴해 눈이 익기를 기 다려야 했다. 흙바닥 위에 이불을 깔고 송주가 누워 있었다. 아이 들 서너 명이 몰려와 의순과 명이를 따라왔다. 명이가 송주를 흔 들어 깨웠다.

"아줌마, 저 왔어요. 공주님도 오셨어요."

송주가 몸을 일으키다가 기침을 연이어 했다. 의순이 송주의 등을 쓰다듬으며 일렀다.

"명아, 깨끗한 물 좀 떠 오너라…. 이보게, 숨을 깊이 쉬어 보 게나."

명이는 얼른 나가서 바가지에 물을 담아 내왔다. 입술을 적신 송주가 잔기침과 함께 쓰러지듯 누웠다. 명이가 두리번거리며 물었다.

"단옥 아줌마는 어디 갔어요?"

아이들 중 한 아이가 말했다.

"일하러요. 저거 뭐예요?"

다섯 살 먹은 송주 아들이었다. 다른 아이들이 고소한 냄새를 맡았는지 코를 실룩였다. 명이가 저자 골목에서 사 온 녹두전과 엿을 아이들 앞에 내놓았다. 아이들이 서로 한입이라도 더 먹으려고 다투었다. 의순이 녹두전을 먹기 좋게 펼치며 말했다.

"체할라. 많으니 천천히 먹거라."

그 모습을 지켜보던 송주가 입을 뗐다.

"고맙습니다. 저것들 때문에 죽지도 못하고 단옥 형님 고생이… 허헉걱!"

"약은 먹었는가?"

송주가 잠자코 고개를 돌렸다. 먹지 못한 모양이었다. 의순은 눈앞의 이 모습들이 현실 같지 않았다. 청국에 있을 때도 보지 못했던 광경이었다. 그동안 하녀나 노비들이 어떻게 사는지 눈여겨보지도 않았으며 의순 자신의 삶이 힘겨워 다른 것에 신경 쓸 겨를도 없었다. 의순의 주변을 에워싸고 있던 아이들이 저희끼리 꼬집고 장난쳤다.

명이가 꾀죄죄한 아이들 손과 얼굴을 헝겊으로 닦아 주며 말했다.

"얘들아, 개울에 가서 좀 씻고 놀아. 너희까지 있으니 방이 좁잖아. 그치?"

아이들이 까르르 웃더니 엿을 하나씩 들고 뛰쳐나갔다. 이어 거적때기가 열렸고 단옥이 들어왔다.

"허, 오실 필요 없으세요. 곤란하실 텐데, 지난번처럼 모른 척하시면 된다니까요."

뼈있는 단옥의 말에 의순은 할 말이 없었다.

'내가 외면한 사실을 알고 있구나.'

"미안하네."

의순의 진솔한 말에 단옥이 당황한 표정으로 고개를 저었다.

"아니에요, 아닙니다. 공주마마께서 조선 사내들보다 나으신 분임을 어찌 모르겠어요. 허니 마마는 마마대로 살아가세요. 저희도 저희대로 살아가겠습니다."

단옥의 말에 의순은 말없이 일어섰다.

'잘못을 저질렀다. 아버지께서 구해 주지 않았다면, 나도 저들과 같았을 것이다.'

명이가 의순의 눈치를 보며 사분사분 말했다.

"단옥 아줌마가 많이 힘든가 봐요. 아, 맞다. 공주님. 아무리 헛간 같은 집이래도 안이 너무 어두웠지요? 제가 만든 꽃으로 장식할까 봐요. 지금보다야 나을 것 같아요."

"우리 명이 기특하구나. 어떻게 그런 생각을 했느냐?"

의순은 명이의 머리를 쓰다듬으며 산 아래로 발길을 돌렸다. 드문드문 이어진 초가들을 지나 걷노라니 어느새 저잣거리가 나타났다. 그런데 길과 골목 사이의 흙담과 벽에 종이들이 나붙었다. 언문 벽서였다. 명이가 종이를 집어 들었다.

명이는 막힘없이 벽서를 읽어 내려갔다. 그동안 열심히 공부한 덕분이었다.

북쪽 오랑캐에게 몸을 더럽힌 환향녀들이 수년 동안 풍기를 문란하게 하더라. 공녀로 바쳐진 여인이 돌아오자 다른 이들도 부끄러운 줄 모르고 고개를 치켜들고 다니는구나. 오호.

"그만하거라, 명아. 마음에 담아 좋을 것 없구나."

의순이 명이 손에 들린 종이를 빼앗아 구겨 버렸다. 언짢은 마음을 참으며 고개를 돌리니 옹기전 담벼락에도, 싸전 옆 기둥에도, 벽서가 붙어 있었다. 그 앞을 사람들이 서성였고 혀를 차거나 수군거리기도 했다. 삼거리 앞 넓은 공터에서는 서생 차림의 중늙은이가 소리를 높여 벽서를 읽어 내려갔다.

일찍이 왕족의 서자인 금림군은 오랑캐에 딸을 팔아 막대한 이득을 취하였으니, 그 허물이 하늘에 닿았도다. 이제 그 딸이 환향녀로 조선 땅을 밟았다. 딸을 팔아먹은 아비와 정절을 지키지 못하고 오랑캐에게 몸을 더럽힌 딸에게도 마땅히 죄를 물어야 한다. 고하노니, 모두 이 일을 그냥 덮으면 이 나라의 도가 무너짐으로 기어이 종묘사직마저 위태로워질 것이다.

의순은 지난밤 사랑방에서 아버지에게 숨죽여 따지던 어머니 말을 떠올렸다.

'대감! 대감의 충이 고작 이런 것이었습니까? 대체 누구를 위한 충이란 말입니까!'

의순은 그 자리를 벗어나고자 걸음을 빨리했다. 명이가 종종걸음으로 따라오며 속삭였다.

"저건 막쇠가 굽실대던 조 대감댁 하인들이 지껄이던 말이에요. 그들이 붙인 벽서가 분명해요. 저놈들을 따르는 자들이 늘어가고 있어요."

의순은 온몸에 소름이 돋았고 무서워졌다. 청국이 아닌 내 나라 조선에서 이런 일까지 겪게 되었다는 사실이 믿기지 않았다. 의순이 두려운 것은 이기적인 양반들이 내세우는 말을 그대로 믿어 버리는 무리다. 스스로 아무것도 분별하지 못하는 주제에 의로운 척 행동하는 자들이다. 무작정 돌진해 파괴하는 공포스러운 존재들이었다. 의순은 지끈거리는 관자놀이를 누르며 마음을 다 잡았다.

'도망치지 않을 것이다. 내가 할 일을, 나와 같은 처지인 조선 여 인들을 위해 할 일을 찾을 것이야.'

의순이 쓰개치마를 올렸다. 명이가 옆에서 종알거렸다.

"에이, 공주님. 걱정마세요. 저런 벽서는 누구라도 막 쓰거든 요. 관아에서 붙인 게 아니면 누가 관심 있나 뭐. 며칠이면 없어 져요."

돌연 명이가 주변을 휘둘러보더니 소곤거렸다.

"저 치들이 왜 자꾸 우리를 따라올까요?"

명이의 말이 채 끝나기도 전에 아낙과 사내들이 주고받는 소 리가 크게 들렸다.

"어라, 금림군 여식이잖아? 성 밖으로 쫓겨났다지? 청국에서 여 러 번 혼인했다는구먼."

"글쎄, 양녀인지 공주인지, 환향녀들 치료 안 해 준다고 난리를 피웠답디다…."

패랭이를 눌러 쓴 사내가 의순의 옆으로 지나가며 가래침을 바닥에 뱉었다. 사내 뒤에 있던 막쇠 패거리가 모습을 드러내며 이죽거렸다.

"어디! 환향녀가 뻔뻔스럽게 돌아다니고 있어? 오랑캐 첩년이."

명이가 발끈했다.

"이놈들이, 당장 곤장을…."

의순이 명이 팔을 잡아당겨 걸음을 재촉했다. 시전을 오가는 무리들의 힐끔거리는 눈길과 표정에서 의순은 더할 수 없는 모멸감을 느꼈다. 서둘러 저잣거리를 빠져나왔다.

의순과 명이가 집으로 들어가는 골목 어귀에 당도했을 때였다. 이상하게 다른 때보다 길을 지나는 사람들이 많았다. 의순은 심상치 않은 공기를 느끼고 길 중앙을 벗어나 담벼락 가까이로 몸을 움직였다. 어디선가 몇 개의 돌멩이가 날아와 정확하게 의순의 어깨를 쳤다. 쓰개치마가 벗겨진 의순은 담에 몸을 기댔다. 명이가 울상이 되어 의순의 몸을 감싸 안았다. 명이에게도 돌이 날아들었다.

"아악!"

명이가 외마디 비명을 질렀다. 눈언저리에 돌멩이를 맞았다. 여린 이마가 금세 부어올랐다. 의순이 몸을 돌려 명이를 감싸며 벌떡 일어났을 때, 등 뒤에서 벼락 치는 목청이 터졌다.

"누구냐! 누가 감히 공주마께 돌을 던지느냐! 강상의 죄를 묻겠다. 네 이놈들! 아무도 없느냐?"

금림군의 분노가 쩌렁쩌렁 울렸다. 금림군이 의순의 앞을 가로막았고 함께 있던 설강수가 주변을 경계하며 검을 빼 들었다. 골목을 오가는 사람들 속에 숨어든 범인들은 썰물처럼 순식간에 사라졌다.

"어허! 하인들이 집 밖에 나가지 못하겠다는 말은 들었어도, 공주마마까지 공격할 줄은 몰랐구나."

금림군의 눈빛에 당혹감과 서글픔이 배어 나왔다. 설강수가 재빨리 의순의 쓰개치마를 깊이 둘러 주고 명이를 안았다. 금림군이 그들을 솟을대문 쪽으로 밀며 행랑채를 향해 외쳤다.

"여봐라, 공주마마를 뫼셔라!"

대문 앞 계단을 내려온 하인들이 합세해 일행은 그 자리를 피했다.

잠시 후 금림군과 설강수가 함께 별당으로 들어왔다. 설강수가 말했다.

"명이는 안방 마님이 돌보십니다. 그보다 대감, 앞으로 더 심해질 것이니 공주마마의 의견을 들어 보시는 것이 좋겠습니다."

의순이 금림군과 설강수를 번갈아 봤다.

"무엇을 말입니까, 아버지?"

금림군이 깊게 숨을 내쉬었다. 그러고도 한참 동안 방바닥을 내려다보았다. 이윽고 금림군이 고개를 들고 입을 뗐다.

"행수 말이 맞네. 마마, 이 집이 좁아서 불편하실 겁니다. 더구나 이런 일까지 겹치니 다른 곳으로 거처를 옮기는 것이 어떨지요? 마침 설 행수가 접대로 사용하는 집이 있는데, 그곳으로 뫼시고 싶다고 합니다. 어떠하십니까?"

뜻밖의 제안에 의순의 눈이 동그래졌다가 고개를 숙였다.

"아버지도 계시는데 어찌 불편하다 하겠습니까? 다만 식구들까지 계속 피해를 입으니 그것이 걱정입니다."

금림군이 의순의 말을 받았다.

"식솔들이야 견딜 것입니다만… 마마의 출입이 힘들 것입니다. 아비 생각으로는 그리로 가시는 것도 방법인 듯합니다. 잠시만 떠나있으면 사람들은 잊을 겁니다."

설강수가 조심스럽게 입을 열었다.

"마마, 장서각은 귀한 물건이 많아 객주 무사들이 지키고 있기에 안전합니다. 제 불찰입니다. 무진이 마마 곁을 비워 생긴 일인지라."

의순이 고개를 저었다.

"무진을 객주로 돌려보낸 건 접니다."

옆에서 금림군이 헛기침을 했다.

"으흠…. 마마, 장서각에 가시면 아비 마음이 놓일 것입니다. 설 행수라면 마마를 지켜 드릴 겁니다."

의순은 금림군의 애타는 눈빛을 보았다. 더는 금림군이나 설강수의 근심이 되고 싶지 않았다. 무거운 정적이 방안을 떠돌았다. 의순이 보일 듯 말 듯 고개를 끄덕였다.

"아버지 뜻에 따르겠습니다."

그들 사이에
꽃이 피면

설강수 소유의 장서각은 상대^{인왕산 기슭}에 위치한 큰 규모의 저택이었다. 장서각은 조선에서 구할 수 없는 희귀한 서책들과 물건을 보관하는 창고를 겸한 넓은 안채, 교역에 필요한 사람을 초청해 밀담을 나누는 장소인 사랑채, 솟을대문에 붙은 행랑채로 나뉘어 있었다.

의순이 거처하게 된 별채는 담장을 따라 뒤로 돌아가면 둥근 쪽문이 따로 달려 있었고 팔각지붕 아래 큰 방 두 개에다 중간 방과 작은 방이 다섯이었다. 별채의 용도는 설강수의 객주 접대용 숙소인 듯 보였다. 딱 봐도 무사인 듯한 건장한 하인들이 집 안을 구석구석 관리하며 경계하고 있었다. 마구간과 꽃들이 피어 있는

구석진 마당에, 소박하나 품격 있는 가마까지 대기하고 있었다.

설강수의 손길이 닿은 별채 살림살이들은 나무랄 데 없이 잘 정돈되어 있었다. 의순이 집 안을 둘러볼 동안 뒤로 물러나 있던 설강수가 다가왔다. 설강수의 눈빛이 단단했다.

"공주마마, 나갈 일 있으시면 집안 하인 중 누구든 데리고 가면 됩니다. 모두 호위에 능숙한 무사들입니다. 무엇이든 명하시면 따를 겁니다."

"알겠습니다, 설 행수."

의순이 고개를 약간 숙여 인사했다.

설강수가 별채를 나가자 의순은 자리에 앉았다. 명이가 방문을 활짝 열었다.

"집이 엄청 넓어요. 방마다 문갑이며 삼층장, 도자기까지 없는 게 없고요. 으리으리한 물건이 많아 도성 안 집보다 몇 배나 더 좋은걸요. 우와, 공주님. 저기 보세요, 고양이가 있어요."

여름꽃들이 흐드러지게 핀 화단을 서성이던 고양이가 훌쩍 담장 위로 올라갔다. 그것을 지켜보던 의순의 머리에 등불이 반짝 켜졌다. 채화로 여인들을 도울 수도 있겠다는 생각이었다.

"명아, 할미꽃 마을을 꽃으로 장식하고 싶다고 했지? 우리 단옥 아줌마에게도 채화 가르쳐 줄까? 저자 좌판에 장신구나 장식품으로 팔 수도 있을 거다. 할미꽃 마을 여인들도 꽃을 접하다 보면 마음이 평온해질 거고."

"네! 조방꾼 아저씨에게서 들은 적 있어요. 기방은 화사하게 꾸 밀 가화가 항상 필요하대요. 부처님을 모시는 사찰과 양반님네 잔 치 때도 그렇고요."

"그런 큰 거래를 트자면 쉽진 않을 거다. 방법을 생각해 보자꾸 나. 그보다 먼저 우리가 준비되어야 한단다."

먹구름 사이로 한줄기 빛살이 내려오는 것 같았다. 새로운 길 이 의순의 마음을 희망으로 뒤흔들었다. 명이의 눈도 초롱초롱 해졌다.

며칠 사이에, 기특하게도 명이가 단옥과 송주의 움막을 색색의 채화로 꾸몄다. 명이가 서툰 솜씨로 만든 투박한 지화와 의순의 채화 몇 송이였다. 몇몇 여인들은 장례 때 종이꽃을 사용한다며 불길하게 여겼다. 그러나 의순의 채화는 정교해서 다들 진화라 여 겼다. 나비와 벌도 있었고 때론 새도 있었다.

단옥은 의순이 드나드는 것을 탐탁치 않게 여겼지만, 즐겁게 뛰어다니는 명이를 보고 아무 말 하지 않았다. 송주는 의순이 가 져다준 약 덕분에 건강을 회복하고 있었다. 송주가 채화를 보고 는 부러워했다.

"예쁘기도 해라. 명아, 이런 걸 공주께서 만든다고?"

그날 밤, 명이가 밝은 표정으로 의순에게 고했다.

"송주 아줌마와 언니들이 채화를 배우고 싶대요."

의순의 얼굴에 미소가 떠올랐다.

"됐다. 설 행수 허락도 받았단다. 별채에 오고 싶은 사람들은 얼마든지 오라고 하자. 명아, 손바닥만 한 비탈밭보다 채화가 밥벌이로 나을 것이다."

"예, 좋아요."

흥분한 명이는 당장 달려갈 기세였다. 의순은 명이를 붙잡았다.

"내일 가도 된다. 사람들 낯가림이 심해서 어렵겠다 싶었는데, 명이 네가 큰일을 했구나."

그러자 명이 금세 시무룩해져서 말했다.

"근데요, 단옥 아줌마는 싫대요. 일이 커지면 공주님까지 위험해진대요."

의순이 웃으며 검지로 명이의 이마를 톡 쳤다.

"그렇기도 하고 아니기도 할 테지. 기다리자! 단옥 아줌마는 생각이 깊은 여장부란다."

의순은 우선 장서각 별채의 가장 큰 방에다 채화 작업실을 만들었다. 꽃이나 풀을 말리고 염색하는 공간은 뒷마당으로 충분했다. 설강수 저택의 넓은 별채라서 가능한 일이었다.

선선한 바람이 불어오던 가을 아침나절, 별채 쪽문이 열리며 여인네들이 줄지어 들어왔다. 의순은 그들의 손을 일일이 잡아

주었다. 마지막으로 들어온 여인은 송주였다. 의순이 그녀의 손을 꼭 잡았다.

"잘 왔네. 채화 과정이 복잡하고 힘들어 쉽지 않을 걸세. 모두 각오를 단단히 하게나. 나는 우리 조선 여인의 손재주를 믿네."

의순이 방문을 열자 널찍한 책상 위에 각종 인두들이며 숯 다리미, 화로와 솥 그리고 색색의 비단과 삼베, 모시, 세저포들이 펼쳐져 있었다. 열린 벽장에는 대나무 통, 다듬잇돌과 방망이, 홍두깨까지 장비가 많아 셀 수도 없었다. 구석에 놓인 크고 작은 항아리에는 의순이 만든 홍매화며 연꽃들, 복사꽃과 함박꽃들이 흐드러지게 피어 있었다.

여인들의 입이 크게 벌어졌고 몇몇 여인은 눈물을 뚝뚝 떨어뜨렸다. 그녀들이 의순 앞에 깊숙이 허리를 숙였다. 의순은 몸과 마음이 하늘이라도 날 듯 힘이 솟구쳤다. 이제 그들 사이에는 비단 꽃이 활짝 피어나리라.

'채화로 이들을 배부르게 하고 누구도 얕보지 못하게 할 것이다.'

장서각에 모인 여인들은 의순과 함께 그해 여름과 가을 내내 배우고 가르치는 기쁨으로 지냈다. 뒷마당에선 명이 목소리가 드높았다.

"잘 들으세요. 그쪽 잿물은 따로 놔 두세요. 푸른색은 쪽과 석회를 섞고 다홍색은 이 홍화로, 주홍색은 저쪽 다목과 명반을 사용하고 노란색은 치자와 식초로 만들어요. 하지만 치자는 햇볕에 빛이 바래니 그늘에 말려야 해요. 거기, 염료로 쓸 재료와 광석은 창고로 가져가요."

어느덧 계절이 겨울로 접어들었고 눈이 내렸다. 장서각 별채는 여인들의 소곤거리는 말소리와 웃음이 눈바람처럼 휘날렸다. 자신의 손에서 피어난 비단 꽃을 보며 여인들의 팍팍했던 마음이 풀어졌고 여유를 찾았다.

"공주마마, 천 조각들이 이렇게 한 송이씩 피어나는 것이 신통합니다요."

"예! 하루하루 살아 있다는 것이 기뻐요."

의순은 작업장을 돌며 일일이 고쳐야 할 기술을 일러 주었다. 때로는 친절하게 때로는 매섭게 다그쳤다. 오전에는 여인들의 스승이 되었고 오후에는 할미꽃 마을 일을 조금씩 처리하였다. 지난 여름부터 배수로며 지붕과 벽을 수리하는 작업을 시작했다. 집안 하인들을 동원하고 마을 노인들까지 나서야 했지만 다들 기꺼이 노동에 손을 보탰다. 배수로 작업이 마무리 단계라 의순은 어둠이 깔린 후에야 겨우 숨을 돌릴 수 있었다.

의순이 별채 안방에서 늦은 저녁을 먹는데 명이가 문을 열었다. 그 뒤로 단옥이 서너 명의 아낙과 함께 들어왔다. 단옥은 바닥에 엎드려 절을 올렸다.

"마마, 소인도 생각이 바뀌었어요. 공주마마와 함께 하겠습니다. 저희를 받아주세요."

"어서들 오거나. 우리 서로 자매가 되어 돕고 힘을 더한다면 행복해지지 않겠는가?"

의순이 단옥을 와락 안으며 반갑게 맞았다. 소식을 들은 작업장 여인들도 방안으로 들어왔다. 그간 단옥은 완강하게 의순을 밀어냈다.

'그분도 환향녀인데 어떻게 우리를 도와? 잠시 마음이 동했을 뿐이지, 모두다 구렁텅이에 빠질 수도 있어. 또 채화 기술을 배울 동안 생계비는 어디서 구하고?'

그렇게 거절했던 단옥이 제 발로 찾아온 것이다.

"잘 왔네, 잘 왔어. 자네가 손재주가 남다르다는 걸 알고 있네. 채화를 만드는 과정이 쉽지는 않을 걸세. 꽃은 저절로 피지 않네. 하지만 삯바느질보다 수입이 낫지. 기술을 제대로 익힐 때까지 절반씩 돌아가며 생계비를 벌면 되잖는가? 힘들겠지만 내 눈에는 희망이 보이네."

단옥은 속환 이후 시댁에서 내쳐졌을 때 삯바느질과 자수로 생계를 잇고자 했다. 단옥의 바느질 솜씨는 흠잡을 데 없었다. 그럼에도 한양 도성 안에서 단옥에게 일거리를 맡기는 사람은 드물었다. 환향녀라는 오명 때문이다. 단옥과 함께 온 한 여인이 나섰다.

"마마, 이미 저자에 싸고 예쁜 채화가 있다는 입소문이 돌고 있습니다. 솔직히 처음 명이가 만든 꽃을 봤을 때 사람들 눈길을 끌거라고는 생각하지 못했어요."

명이가 입을 비쭉거리며 여인에게 모란 꽃송이를 내밀었다.

"이것 보세요. 그때랑 다르죠?"

여인이 웃으며 모란을 받았다. 송주도 단옥에게 홍매화 꽃가지를 건네며 말했다.

"단옥 형님, 우리들 사이에 꽃이 필 겁니다. 모두를 살게 해 줄 꽃이 활짝 피고 말고요."

"맞네. 우리 손에서 신비한 꽃들이 피어날 거라네. 꽃이 피면 행복한 일도 많아질 걸세."

의순은 여인들의 손을 힘주어 잡았다. 그러자 선머슴처럼 머리를 짧게 깎은 여인이 바닥에 엎드려 울음을 터뜨렸다.

"공주마마, 소인도 감히 꿈을 꾸고 싶습니다. 아이들과 평화롭게 사는 꿈 말입니다. 그거 하나면 됩니다."

연이어 여인들이 허리를 굽혀 고했다.

"소인은 하대 넝마촌에서 소문을 듣고 왔어요. 천민이라도 받아만 주신다면 기꺼이 마마의 하녀가 되겠나이다. 혹…."

"그러하옵니다. 공주마마! 으흐흑…."

의순 앞의 그들은 모두 한마음이 되어 엎드렸다. 여인들의 울음이 방안을 떠돌았고 의순의 눈에도 눈물이 고였다.

"하녀라니? 당치도 않네. 일어나게들. 삯바느질이든, 꽃장식이든, 열심히 일해서 일한 만큼 아이들과 살게 노력하세. 앞으로 혼자 살아갈 걱정하지 않아도 되네."

그동안의 설움에 통곡하는 여인들이었다. 평범한 여인의 삶이 이들에게는 머나먼 뜬구름이었다.

'그래, 나는 조선의 공주다! 공주로 선택된 순간부터 이들은 내 운명과 같다. 내가 환향녀의 서러운 꿈을 이곳에서 꾸게 할 테다. 조선 공주로서 해야 할 나의 의義다.'

이때 밖에서 무진이 불렀다.

"공주마마, 마마를 안채로 모시랍니다. 대감마님 오셨습니다."

그동안 류씨 부인이 간혹 장서각에 오기는 했지만 금림군이 방문한 일은 없었다. 의순이 방문을 열자 명이가 댓돌 위 신발을 냉큼 챙겼다.

"어서요, 어서 가셔요. 행수님도 있나 봐요. 에이 참, 좀 자주 오시지."

무진이 뒤에서 명이에게 눈을 흘기며 퉁명스레 말했다.

"넌 행수 어른이 동무야? 버릇없이."

명이가 무진에게 혀를 쏙 내밀었고 의순은 마당으로 내려섰다. 댕기 머리가 등 뒤에서 찰랑거리는 열네 살 명이의 눈에 반항기가 가득했다. 솔직하며 자기만의 당돌한 생각이 숨어 있는 눈빛이었다. 계절이 지나는 동안, 명이가 키도 마음도 성큼 자라 있었다. 설강수를 흠모하는 명이의 마음을 알아챈 의순이 빙그레 웃었다.

'명아, 내게도 그분은 좋은 분이란다.'

사실 명이 말대로 청국에 있을 때보다 설강수의 얼굴 보기가 더 힘들었다. 변방무역과 국제 무역상인 설가 객주를 책임져야 하는 핵심 행수였기에 늘 바빴다. 그 와중에도 설강수는 의순이 필요로 할 만한 물건들을 무진을 통해 알뜰히 챙겨 보냈다.

금림군은 설강수와 함께였다. 의순이 오랜만에 만나는 두 사람이었다.

"이곳에서는 편하신 겝니까? 허허허⋯."

금림군이 소리 내어 웃는 것과는 달리 표정이 굳어 있었다. 의순은 고개를 숙였다.

"예, 아버지. 걱정하지 마시어요. 돌을 맞는 일 따위는 없답니다."

의순도 농처럼 웃으며 대답했지만 금림군은 속지 않았다.

"마마, 가문에서 쫓겨낸 환향녀들이 모인다고 들었어요. 지금은 설가 객주 저택에 있으니 조용하지만 곧 소문이 돌 겁니다. 아비는 또다시 덤벼들 야비한 자들이 두렵습니다."

의순이 고개를 끄덕였다.

"아버지, 전쟁의 고통이 조선인들 마음에 원한과 증오로 남았다는 것을 잘 알고 있어요. 허나 분노의 대상을 여인에게 쏟아 내는 자들이야말로 비열한 사람들입니다."

설강수가 말했다.

"대감, 공주께서 이미 많은 일을 했습니다. 할미꽃 마을이 깨끗해졌고 병자들을 보살피는 일도 잘하시는 겁니다. 무진이가 아이들에게 청국말을 가르치고 있다고 들었습니다. 공주께 선한 영향을 받은 것이지요."

의순이 고개를 돌려 설강수를 보았다. 그들의 눈빛이 마주쳤다. 언제부터인가 의순은 설강수의 눈빛에서 봄날의 감미로움을 느꼈고 그 느낌이 그냥 좋았다.

금림군이 찻잔을 내려놓자 공주가 부드럽게 말을 건넸다.

"아버지, 조정에서 아버지 입지가 좁아졌음을 알고 있습니다만, 할미꽃 마을의 소출에 부과되는 세금에 대해 감면을 청원해 주셨으면 합니다. 순전히 노인과 장애 여인들이 일구는 보잘것없는 땅이에요. 사찰로 나오는 세금이긴 하지만 누가 내는지는 관아에서도 알고 있어요. 상소를 올리면 임금께서도 거절하지 않으리라 믿습니다. 아버지를 통해야 상소가 닿을 것 같아 이리 말씀

올립니다."

"… 그리하지요, 마마."

금림군이 고개를 끄덕이며 자리에서 일어났다.

"마마, 본가에 한 번 걸음 하시지요. 어미가 아픕니다. 건강이
갑자기 나빠졌어요."

의순은 화들짝 놀라며 말했다.

"안 그래도 지난번 뵈었을 때 어머니 안색이 안 좋아 마음 쓰였
는데. 곧 찾아뵐게요."

금림군이 빈 웃음을 지었다. 의순은 모든 것이 제 탓 같아 두
눈을 질끈 감았다. 그 모습에 금림군이 손을 내저으며 도리질을
했다.

"허허허, 나이가 있어 그러하니 너무 염려는 마세요."

"대감, 객주 의원을 바로 보내 드리겠습니다."

금림군이 돌아서자 설강수가 그 뒤를 따랐다. 짧은 순간, 의순
과 허공에서 마주친 그의 눈빛이 위로하듯 따사로웠다.

혼백의 당부

약 달이는 냄새로 연은방 본가의 공기가 답답했다. 유모가 밤
낮으로 간호했지만 류씨 부인은 좀처럼 자리에서 일어나지 못했
다. 멀건 죽조차도 쓰다며 먹기를 거부했다. 의순도 보름이 넘도
록 류씨 부인 곁을 지켰다.

"괜찮대두요. 괜한 걱정이십니다. 나이가 들면 한 번씩 심하
게 아프기도 한답니다. 이렇게 어미 곁에만 있으면 오히려 마음
이 불편해요."

류씨 부인이 희미한 미소를 지으며 말했다.

"그보다 어미는 마마를 믿어요. 공주마마가 옳고 그름이 분명
한데 극복 못 할 난관이 뭐가 있겠습니까… 하고 싶은 일을 하세

요. 어미는 마마가 자랑스럽습니다."

의순은 대답하지 못했다. 금방이라도 눈물이 쏟아질 것 같아서
어금니를 꽉 물었다. 의순은 병의 원인을 알고 있었다. 유모가 류
씨 부인이 당한 일을 털어놓았다.

'모임에서 사대부 부인들이 대놓고 조롱했어요. 마마께서 청
국 왕부의 여러 곳에서 몸을 의탁했다며 웃음거리 삼았지요. 특
히 조대감 댁 작은 마님이 원래 입이 험한 데다 심보가 꼬인 분이
잖아요. 도성 밖으로 오신 날 이후 부쩍 기력이 약해졌어요. 무엇
보다 마님은 마마께서 앞으로도 견뎌야 할 고통에 힘들어하세요.'

의순은 말없이 류씨 부인의 손을 자꾸만 쓰다듬었다. 류씨 부
인이 힘겹게 일어나 의순의 손을 마주 잡았다. 류씨 부인의 눈에
근심의 빛이 어렸다.

"마마, 손이 차군요."

류씨 부인이 몸에 지녔던 옥패를 의순에게 건넸다. 육각형의
손바닥만 한 도톰한 옥이었다.

"어미가 혼인 전에 외할머님에게 받은 옥패랍니다. 중국 화전
에서만 나는 귀한 백옥이에요. 마마가 간직하세요. 혈액순환에 도
움이 된답니다."

류씨 부인이 의순의 손을 꼭 쥐고 토닥였다. 그러고는 유모가
올린 약을 마셨다.

유모가 약그릇을 들고 나가자 류씨 부인이 나지막하나 강단 있는 음성으로 말했다.

"공주마마, 몇 해 전만 해도 어미는 산송장처럼 살았어요. 이제 언제든 마마를 볼 수 있는데 무슨 근심이 있겠어요? 속이 조금 불편한 것뿐이에요. 걱정하지 마세요."

하지만 류씨 부인은 의순뿐 아니라 남편 금림군과 아들들 걱정에 마음의 병이 깊어지고 있음이 명백했다.

"예, 어머니."

대답과 동시에 눈물이 흘러내렸다. 핏기라곤 없는 류씨 부인 얼굴이 의순의 가슴에 박혀 눈물을 멈출 수 없었다.

조선은 냉혹했다. 좁은 시야로 살아가는 이기적인 자들이 많았다. 그들은 박쥐처럼 숨었다가 비겁하게 공격했다. 청국과의 관계가 잘 풀리지 않을 때마다 의순에게로 화살을 돌려 위기를 모면하고자 했다. 그나마 임금의 배려로 의순과 금림군 집안이 버티는 중이었다.

"저런, 울지 마세요. 어미는 정말 괜찮아요, 마마. 장서각으로 돌아가 마마 일을 하세요. 그게 어미를 편안하게 하는 겁니다. 어미 눈에 지금 마마가 얼마나 어여쁜지 모릅니다."

의순이 손을 들어 눈물을 닦아 내며 울음을 목구멍으로 밀어넣었다. 류씨 부인의 마음을 편안하게 해야 했다.

"… 예, 어머니. 그럼 며칠만 나갔다가 올게요."

류씨 부인이 가슴을 문지르며 눈을 감았다. 얼마 지나지 않아 약 기운이 퍼지는지 곤히 잠들었다. 유모가 방 안으로 들어서는 것을 보고 의순이 일어났다.

그 사흘 후 새벽, 장서각 문을 두드리는 사람이 있었다. 연은방 본가 천 서방이었다.

"어서! 공주마마께 전하시오…."

지난밤 꿈자리가 뒤숭숭했다. 소복을 입은 류씨 부인이 어둠 속으로 걸어가는 꿈이었다. 불길한 꿈에 일찍 깨어 있던 의순은 벌떡 일어났다. 천 서방을 따라 본가로 달렸다.

연은방의 활짝 열린 솟을대문을 지나 안채 대청마루에 올라섰을 때 집 안 식솔들의 울음이 희붐한 새벽하늘 아래 퍼져 나갔다. 의순은 다리에 힘이 풀려 그 자리에 털썩 주저앉았다. 이미 류씨 부인이 세상을 떠난 것이다.

"어머니! 어머니!"

의순은 한양에 있으면서도 어머니의 마지막 길을 배웅하지 못했다. 애간장이 녹아내렸고 가슴이 미어졌다. 이제 아무리 애타게 불러도 대답할 어머니가 이 세상에 없었다.

류씨 부인의 장례가 끝난 후 의순은 자리에서 일어나지 못했다. 의순이 어머니의 죽음으로 맥을 놓았다. 조선으로 환국했던 그 봄처럼 잠 속으로 빠져들었다.

　"나요, 도르곤. 백송골 부인! 잘 있었소?"

　봉황의 것을 닮은 두 눈을 치뜨며 의순을 부르는 사내는 도르곤이었다. 도르곤이 의순의 손을 잡으며 허리를 살짝 굽혔다.

　"무엇이 필요하오? 백송골 부인이 원하는 것이라면, 내 다 들어주리다."

　언제나처럼 의순의 눈높이에서, 소년처럼 천진한 눈빛으로 웃으며 물었다. 그러고는 의순을 안았다. 믿을 수 있는 굳센 품이었다.

　열여섯 살의 소녀 의순이 여인으로 정을 준 첫 남편 도르곤이었다. 도르곤은 꽃을 좋아하는 의순을 위해 청국 각지에서 희귀한 화초를 구해와 왕부 정원에 가득 심었다. 또한 온실을 만들어 언제든 귀한 남방 과실을 의순 앞에 내놓았다. 연못가 큰 매화나무에다 붉은 끈의 그네를 매달아 주었고 특별한 날이면 커다란 연과 폭죽으로 자신의 마음 한 자락을 전했다. 그는 청국의 섭정왕이었고 뛰어난 장수이자 지략가이면서도, 어린 아내에게 다정한 사람이었다.

　의순은 외로움이 한꺼번에 몰려왔다. 그 옛날처럼 도르곤의 품에 얼굴을 묻었다. 눈물이 후두둑 떨어졌다. 눈물이 넘쳐 목으로 흘러내리자 환술처럼 도르곤이 새로 변신했다. 의순의 팔에 앉은 하얀 송골매가 순식간에 박제 백송골로 굳어졌다. 매의 발톱이 팔뚝에 깊이 파였다. 박속 같은 새하얀 피부에 피가 배어 나왔다.

박제품은 어디선가 들려오는 휘파람 소리와 함께 송골매로 되살아나 날개를 펼쳐 먼 하늘로 날아가 버렸다. 의순은 청국에 두고 온 박제 송골매를 떠올렸다. 송골매가 날아간 텅 빈 하늘을 쳐다보는데, 등을 토닥이는 손길이 있었다. 돌아보니 설강수가 봄날 버들가지처럼 싱그럽게 웃었다. 갑자기 눈부시고 따뜻한 그의 모습이 안개에 휩싸여 사라져 버렸다. 손을 뻗었지만 아무것도 잡히지 않았다. 서러운 꿈이었다. 서글픈 꿈이었다.

의순은 한동안 자리에서 일어나지 못했다. 여기가 어딘가? 청국인가 조선인가? 내가 있어야 할 곳은 어디란 말이냐. 창밖이 훤했고 자박자박 발걸음과 함께 마당을 비질하는 소리가 들렸다. 이어 유모가 낮게 꾸짖는 소리가 났다.

"마마께서 힘들어하시는데! 이쪽으로 얼씬도 말랬더니 생각 없이 무슨 짓이냐?"

"유모 할머니, 저러다 공주님 영 못 일어날까 봐 겁나요. 그래서 시끄러운 세상 소리가 들리면 깨어날 거라 생각해서 그랬어요. 흐흑…."

명이가 숨죽인 울음을 터뜨렸다.

'명이, 명이구나. 세상 소리….'

의순은 누운 채 꿈을 생각했다. 청국, 도르곤 그리고 설강수. 또다시 눈앞이 아득했다. 하얀 어둠이 밀려왔다.

그때 창밖에서 청아한 산새 소리가 들렸다. 어느 순간 산새가 어머니 류씨 부인의 목소리로 변했다.

"얘야, 내 딸아! 생명을 가진 것들은 누구나 그렇게 살아내는 거란다. 고단한 세월도 이겨 내야 하는 게 삶이다. 너를 기다리는 사람들이 있잖느냐. 어서 일어나거라. 살아내야지."

"어머니? 어머니, 어머니!"

의순은 번개가 내리꽂히듯 온몸이 저릿했다. 그것은 저승에서 보내는 영혼의 당부였다. 어머니의 사랑이었다. 류씨 부인이 품었던 마지막 소원이었을 것이다. 정신이 번쩍 들었다.

'그래, 이 모든 삶이 내가 겪어야 할 운명이다. 어머니 죽음으로 말문을 닫으신 아버지. 우리 아버지! 세상과 갈등하며 딸자식을 위해 살아오신 분. 그분을 위해서라도 일어나야 한다.'

의순은 몸을 일으켰다. 질끈 감은 두 눈 안에 명이와 무진을 그리고 아버지를, 설강수를 떠올렸다.

의순이 바깥을 향해 목소리를 밀어냈다.

"명아, 명아! 배가 고프구나!"

1659년 왕이 죽어 효종의 시호를 받았다. 그해 6월 청나라에서 태어났던 대군이 조선의 새로운 왕이 되었다. 새 왕은 의순과 만난 일이 없었다.

그즈음 의순은 도성 안에 새로운 작업장을 마련했다. 금림군의 권유가 있었고 여인들이 삼각산에서 상대 장서각까지 오가기가 불편했다. 무엇보다 장서각도 객주 손님들이 늘어나 신경이 쓰였다. 참으로 미안한 일이었다.

의순은 아버지 금림군의 도움을 받아 대청마루가 있는 안채, 작업장으로 쓸 사랑채 그리고 널찍한 마당이 있는 초가를 구입했다. 금림군이 비단 꽃 울타리, '금화원'이라 이름을 지어 주었다. 저자와 가까워 장차 주문이 늘면 빠르게 공급할 수 있어 좋았다. 아직은 환향녀들이 만든 것이라면 사람들이 꺼려 대부분 인맥으로 들어온 물량이었다. 그렇기에 명이나 집안 하인을 통해 전달하며 늘 조심했다.

시간은 누구에게나 공평하게 흘러갔다. 가을 그리고 겨울을 지나 또다시 계절이 바뀌어 작달비와 뜨거운 햇볕이 오가는 여름이 왔다. 들판의 곡식과 열매가 야물게 익어갔다. 그즈음 명이가 어머니와 인연이 있는 월선루 행수를 금화원에 데려왔다. 기루 행수가 작업장과 완성된 채화들을 보고는 단번에 거래하자고 했다.

"이리 화사하고도 단아한 채화는 처음 봅니다. 기루의 품격이 달라질 듯합니다."

월선루 행수가 돌아가고 나서 의순은 명이를 칭찬했다.

"명아, 큰일을 했구나. 이제야 우리 힘으로 거래를 잡았어. 곧 입소문이 날 게다. 당분간 월선루 거래에 힘을 쏟자. 한양에서 손꼽히는 큰 기루라 이곳만 거래하여도 괜찮을 것이야. 이런, 또 인두에 데인 모양이구나. 조심하거라."

의순이 험해지는 명이 손을 붙잡고 딱하게 여겼다. 반면 턱을 치켜든 명이의 얼굴은 자랑스러운 듯 입꼬리가 올라갔다.

월선루와의 거래가 활발한 늦가을이었다. 한동안 본가에서 작업하던 의순이 명이를 앞세우고 금화원을 찾았다. 의순은 여인들이 스스로 단련할 작업 시간이 필요함을 알아채고 거리를 두었던 것이다.

금화원 초가에 들어서자 안채 대청마루에서 아이들의 글 읽는 목소리가 낭랑하게 들렸다. 듣기 좋은 소리였다. 작업장의 방문을 열자 단옥이 반겼다. 의순의 예상대로 여인들의 손놀림이 전보다 세심했고 날랬다. 단옥이 의순의 흡족해하는 표정에 안도하며 물었다.

"마마, 차를 내올까요?"

"괜찮네. 월선루 물건은 차질없이 보내고 있는가? 근래 도성 양반가에서 청하는 일이 잦다던데?"

119

"예, 채화 일은 순조롭습니다. 마마, 그렇지 않아도 아이들 문제로 찾아뵈려 했습니다."

의순이 단옥을 바라봤다.

"지난번 아이들 머리에 뭐라도 넣어 놔야 희망이 있다는 마마의 말씀을 생각해 보았어요. 이제 먹고 사는 일에 숨통이 트이니 송주 아들과 또래들을 제대로 교육하고 싶습니다."

의순이 고개를 끄덕였다.

"그렇지. 나도 무진이 아이들에게 검술과 청국어를 가르치는 것을 보고 깨달은 거라네. 송주 아들은 역관이 되고 싶다고 했지? 그 아이들, 우리가 청국에서 보았던 새 세상을 볼 기회를 주어야 하네. 보고 배우는 것이 어릴수록 좋을 걸세."

"맞습니다. 무진이 도움이 큽니다만, 시간 여유가 없는 것이 아쉽습니다."

"우리가 할 수 있는 데까지 가르치세. 학식 높은 이씨 부인이 청군에게 혀가 잘리는 험한 꼴을 당하지 않았다면 좋았을걸. 허나 지금도 충분히 몫을 하고 있다네. 내 주변을 살펴 선생을 구해 보겠네."

단옥이 고개를 숙였다.

"아이들 앞날까지 생각해 주셔서…."

의순은 일어나 단옥의 손을 잡았다.

"아닐세. 나는 자네가 자랑스럽네. 어찌 이리 굳세고 씩씩한가."

단옥이 나지막하게 말했다. 그녀의 목소리에 물기가 배인 듯 눅눅했다.

"마마…. 이씨 부인이나 저는 죽을 수 없어요. 넘어지고 또 짓밟혀도 살아낼 겁니다. 본가의 내 아들이, 그 아이가 자라는 모습을 지켜볼 겁니다. 자식이 커 가는 것을 보려고 죽지 않고 그 수모를 견딘 거니까요."

집으로 돌아오는 길, 의순은 아픈 기억 속으로 빠져들었다.

'나는 뱃속의 자식을 잃어 버렸지. 설 행수가 보살펴 주었어….'

설강수 생각이 났다. 힘들 때 가장 먼저 떠오르는 사람이었다. 가슴 한복판에 구멍이 뻥 뚫린 듯 허우룩했다. 가루비가 옷깃에 스며들 듯, 함께한 세월만큼 의순의 마음속에 자리 잡은 보고 싶은 사람이었다.

의순이 연은방 본가로 돌아와 쉬고 있을 때 무진과 함께 명이가 대추 정과와 찻잔을 들고 들어왔다. 명이는 시큰둥한 표정으로 말했다.

"한동안 연락도 없더니 어제 무진이 돌아왔대요. 행수님과는 북경에서 헤어졌구요."

무진이 가까이 다가와 네모난 함을 내밀었다.

"행수가 마마께 전하라는 물건입니다. 용정차와 양기를 돋우는 약초입니다. 추위에 약하신 공주마마 걱정을 많이 하십니다."

의순은 모란 장식의 화각함을 물끄러미 바라봤다. 명이가 물었다.

"언제 돌아오시는데?"

무진이 망설이듯 바깥으로 눈을 돌리며 답했다.

"당분간 청에 머무실 거야…. 사실은 혼인하러 갔다는 소문이 객주에 떠돌고 있어."

의순의 가슴이 털컥 소리를 내며 내려앉았다. 명이가 입을 비죽이며 불퉁거렸다.

"흥, 헛소문일 거야. 예전에도 황녀가 청국 사신단에 섞여 한양까지 왔다더만. 공주님, 황녀가 왜 행수님을 찾아다닌다는 소문인지 모르겠어요."

또다시 한해의 마지막 겨울이 왔다. 북방에서부터 불어오는 바람이 차가워졌다. 금화원 작업장 여인들의 솜씨가 나날이 좋아졌고 한양 인근 마재^{지금의 남양주}까지 주문이 들어와 의순은 만족했다. 작업장 안에서는 여인들 웃음이 끊이지 않았다. 초가지붕을 휘돌아가는 바람 소리가 한겨울답게 매서웠다.

모진 세월

새 왕이 등극한 지 2년 후인 1661년, 조정에서 금림군을 불러 청국진화정사_{청으로 보내는 조선의 답례 사신}를 맡겼다. 금림군의 복권과 함께 식솔들은 다시 도성 안 옛집으로 돌아갈 수 있었다.

거리마다 송화가 노랗게 흩날릴 무렵 선왕의 명으로 달마다 양곡을 챙겨오는 관원이 임금의 교지를 전했는데 기가 찰 일이었다.

금림군의 딸에게 이달 치 곡식을 내리노라.

이제 의순은 공주 명칭을 뺀 금림군 딸이 되었다. 별당에 온 유모가 울먹였다.

"마마, 소인 안채에서 들었습니다. 새 임금께서 즉위하시자마자 대사간 조한영과 사간 심세정이 득달같이 상소를 올렸다해요. 선왕의 양녀는 오랑캐 나라에서 돌아왔으니 공주로 인정할 수 없다 했답니다."

유모가 옷고름에 콧물 눈물을 찍어 내면서 말을 이었다.

"더구나 정말 가슴에 피멍이 들 일은 나리들의 관직과 선왕께서 내리신 재산을 몰수했답니다. 큰 대감마님께서 나라에 충성을 다했건만."

물 흐르듯이 순리대로 지내야 하는 날들이었다. 그로부터 두어 달이 지났을 무렵 채화 주문이 크게 늘어나 금화원 여인들의 손길이 바빴다. 마당을 들어서는 하인의 새된 목소리가 사방에 울렸다. 초여름 날씨에 방문을 열어 놓아 외침이 크게 들렸다.

"아이고, 아이고! 도와줘요! 조 대감 댁에서, 큰일이 났습니다요."

의순과 여인들이 놀라 마당으로 나갔다. 하인이 바닥에 철퍽 엎드려 울먹이며 고했다.

"으흑! 공주마마, 얼마 전 누군가 채화를 대량 주문했다는데요. 어느 집에서 주문한 건지 찾다가 조 대감 댁 하녀를 보고야 알았답니다. 이왕 만들어 놓은 거라며 금화원 아낙이 나가는 걸 명이와 소인이 따라갔습지요. 그런데 그 댁 작은 마님이 환향녀가 만든 채화인 줄 몰랐다며 난리를 피우지 뭡니까. 하인들이 달려들어 명이와 아낙을 붙잡는데….”

의순이 운혜구름무늬를 새긴 여자의 신발를 고쳐 신으며 말했다.

“앞장서라. 어서!”

의순은 단옥과 하인들을 데리고 달려가다가 길에서 무진을 만났다. 심상치 않은 의순의 표정을 본 무진이 검을 움켜쥐고 뒤따라왔다.

조 대감 집 앞에 구경꾼들이 가득했고 대문은 활짝 열려 있었다. 하인들이 마당 한가운데 둘둘 만 멍석에다 몽둥이를 번갈아 때렸다. 그 옆 바닥에 명이가 엎드려 있었다. 움직임이 없었다. 의순이 소리쳤다.

“멈추라! 당장 멈춰라!”

뒤이어 무진이 의순의 옆에서 근엄하게 소리쳤다.

“공주마마시오. 예를 갖추시오!”

대청마루에 서 있던 작은 마님이 눈썹을 치떴다. 뾰족한 하관이 여우를 닮은 듯했다. 그녀는 곱지 않은 시선이었으나 마당으로 내려서며 호들갑스럽게 말했다.

“어머, 귀하신 분이 어찌 오셨어요?”

의순이 명이와 아낙을 가리켰다.

“내 집 아이들인데 어찌 이리 대하시오?”

125

작은 마님은 소매로 얼굴을 가리면서 교태를 부리듯 몸을 흔들었다.

"마마 사람이었어요? 환향녀와 공주마마가 가깝다더니 어찌 생각해야 하나. 호호호…. 아무튼 채화 점포에서 알려 주지 않았으면 저 역겹고 더러운 것들이 만든 건 줄 몰랐지 뭐예요. 감히 먼저 고하지 않았기에 벌을 준 거뿐이에요. 천한 것들이 사대부를 속인 죄를 어떻게 다스려야 하는지는 공주께서도 잘 아시잖아요?"

의순은 작은 마님이라는 여인의 말투에 기가 막혔다.

"더럽다니? 사람이 만든 것인데 뭐가 역겹고 더럽다는 것이오?"

조 대감 댁 하인들이 명이에게 다가가려는 무진의 앞을 막았다. 눈을 부릅뜬 무진이가 몸을 돌려 의순의 귀에 속삭였다. 무진의 얼굴에 진땀이 배어 나왔다.

"마마, 명이와 아낙의 상태가 다급합니다. 어서 나가야 해요."

의순이 치맛자락을 두 손으로 움켜잡으며 힘주어 말했다.

"알겠소. 허나 내 사람들이니 당장 데려가야겠소이다."

작은 마님이 두 눈을 홉뜨고서 의순의 앞을 막아섰다.

"그건 안 됩니다. 저 아이의 소매에서 내 옥비녀가 나왔어요. 가화를 장식한다며 방안을 드나들었는데 그새 훔쳤나 봐요. 듣자니 명이라는 아이는 저자에서 유명한 들치기라더군요."

의순이 작은 마님을 노려보며 차갑게 되받았다.

"그럴 리가 없소. 우리 집에 온 이후 명이는 남의 물건에 손 댄 일이 없었소이다."

그 사이 하인들을 거칠게 밀쳐낸 무진이 실신한 명이 상태를 확인했다.

의순은 예전 예친왕부에서의 일을 번뜩 떠올렸다. 그곳에서 도르곤의 정비로 있으면서 권모술수에 능한 왕부 여인들을 통제하는 법을 몸으로 익혔었다.

'삶의 모든 순간들이 배움이구나.'

지금 급한 것은 명이와 아낙을 여기서 데리고 나가야 한다. 의순은 뱀처럼 아랫입술을 혀로 핥고 있는 작은 마님을 다그쳤다.

"알았소이다. 손해 본 것이 있으면 하인을 보내시오. 보상해 주리다. 허나 내 사람들에게 누명을 씌운 것이라면 직접 조 대감에게 따져야겠소. 내 아버지 금림군과 조 대감에 대해서는 작은 마님도 알고 있으리라 생각하오. 나 또한 조 대감의 인품은 익히 알고 있소. 오늘 일어난 일을 곰곰이 생각해 보고 처신하기를 바라오."

의순은 무진과 하인에게 크게 소리쳤다.

"어서 집으로 가자! 서둘러라."

검집을 내민 무진이 두어 걸음 앞으로 나섰다. 부아를 참느라

씨근거리는 작은 마님의 눈치를 보며 하인들이 엉거주춤 뒤로 물러났다. 무진이 명이를 등에 업었고 하인은 멍석말이 당했던 피투성이 아낙을 들쳐 맸다.

단옥이 사람들 사이를 헤치며 길을 텄고 무진과 하인이 내달렸다. 그 뒤를 의순이 따랐다. 금화원으로 무사히 들어섰으나 두 사람은 깨어나지 않았다. 명이와 아낙을 서둘러 뒷방으로 옮겼으며 뒤이어 단옥이 의원을 데리고 들어왔다. 단옥의 손은 노여움으로 부들부들 떨었다.

"예, 누명이지요. 분명 명이를 잘 알고 있던 자일 겁니다. 누군가 채화 만드는 여자들이 환향녀라고 고자질했다는데 일부러 함정을 파놓은 것 같아요. 그게…. 명이를 염탐한 자라면 혹, 막쇠가 아닐런지요?"

그때 명이가 정신을 차린 듯 신음을 뱉았다.

"으, 공주님? 저, 안 훔쳤어요."

"그래그래. 괜찮다. 다 괜찮으니 쉬거라."

의순이 명이를 단옥에게 맡기고 방을 나왔다. 무진이가 마당을 서성이며 안절부절못하고 있었다. 의순은 명이를 걱정하는 무진의 마음이 오롯이 느껴졌다. 누구보다 명이를 곡진하게 챙기는 무진이었다.

"명이 깨어났다. 의원이 있으니 나을 게야."

"예. 다행입니다. 저, 공주마마. 이만 객주로 돌아가 봐야겠어요. 심부름 가던 길이라서. 다시 오겠습니다."

무진이 굳은 표정으로 고개를 숙였다. 의순이 무진의 어깨를 두드려주었고 무진은 서둘러 바깥으로 나갔다.

때마침 골목 어귀에 머리에 풀떼기를 꽂고 때 절은 베개를 껴안은 여인이 나타났다. 그녀는 저고리 어깨와 치마의 말기가 찢어졌으며 더러운 치마를 허벅지까지 둥둥 걷어 올린 정신이 온전치 못한 여인이었다. 그녀는 간혹 금화원 초가에서 밥을 얻어먹었다.

여인은 금화원을 기웃거리다가 등 뒤 소리에 고개를 돌렸다. 성난 무리가 욕설과 함께 몰려오고 있었다. 여인이 그 기세에 놀란 듯 풀썩 주저앉아 벌벌 떨었다. 잔인한 발길이 땅바닥의 여인을 걷어차고 짓밟았다. 험악한 무리들이 몰려들어 나서서 말릴 상황이 아니었다.

바깥이 시끄러워지자 작업장의 여인들이 나왔다. 그녀들을 본 무리들이 괴성을 지르면서 사립문을 흔들었다. 그들 중에서 넓은 갓을 쓴 양반이 부채를 잡은 손을 들었다. 주변이 조용해지자 양반이 비웃듯이 말했다.

"여기가 오랑캐 나라에서 돌아온 자들이 사는 곳이더냐?"

단옥과 송주가 여인들 앞으로 나섰다.

"왜 그러시오? 무슨 일로 몰려와 소란을 피우는 게요?"

양반이 냉소를 지으며 말을 이었다.

"절개를 지키지 못했으면 자결을 하든가 죽은 듯이 지낼 것이
지. 성안을 휘저으며 사람들을 혼란스럽게 하느냐? 사람들 일거
리까지 빼앗느냐 말이다!"

송주가 허리에 손을 얹으며 말했다.

"일거리를 빼앗다니. 그런 일 없소이다. 이보시오, 선비님. 말
은 똑바로 하시오. 무엇이 그리 못마땅하오?"

그러자 무리 중 몇몇 아낙들이 악을 쓰며 나섰다.

"야! 너네 때문에 동네방네 만날 싸움판이라고. 아이고, 서방도
없는 것들이 어찌 새끼를 낳을꼬?"

"사내들 주변을 맴도는 주제에. 그뿐이야? 너희가 낳은 애새끼
들도 죄다 좀도둑인 거 온 세상이 다 안다! 몹쓸 것들!"

단옥이 턱을 치켜들었다. 단옥의 눈은 불을 품은 듯 활활 타오
르는 것 같았다.

"함부로 말하지 마오. 이보시오! 우리가 무얼 잘못했다는 것이
오? 친정도, 시댁도, 우리를 내쫓고 수년 동안 겁탈한 것은 잘난 조
선 사내들이었소이다. 어찌 내버려 두지 않소이까!"

단옥의 대꾸에 성난 무리들이 사립문을 넘어뜨리고 마당으로
들어섰다. 돌멩이가 날아들었고 몽둥이들이 천방지축 날뛰었다.
염색 천들이 진흙 바닥에 나뒹굴어 더러워졌으며 와장창 소리와

함께 크고 작은 항아리가 박살이 났다. 그러자 항아리 속 잇꽃과 제비쑥 같은 염색 재료들이 쏟아졌다. 그것을 마구잡이로 짓밟았다. 아수라장이었다. 분개한 의순이 그들 앞을 가로막았다.

"뭣들 하느냐? 썩 물렀거라! 여기는 내 집이니라."

이에 송주가 화로에다 쇠붙이를 징처럼 마구 두드리며 의순의 뒤에서 소리를 높였다.

"공주마마시다! 공주마마시다!"

그제야 무리들이 뒤로 물러섰다. 무리 속에서 어김없이 막쇠가 또 나타났다. 의순과 명이가 가는 곳마다 나타나는 막쇠가 양반의 귀에 입을 대고 속살거렸다. 그러자 넙데데한 얼굴의 양반이 합죽선을 착 펴며 껄껄 웃었다.

"으하하하…. 공주는 무슨! 청국에서 돌아온 금림군 딸이잖느냐? 오랑캐와 혼인한 환향녀란 말이다."

격분한 단옥이 양반 앞으로 달려가더니 자신의 얼굴을 바짝 들이댔다.

"이분은! 조선을 위해 희생한 공주마마십니다. 당신네 양반들이 뒷구멍에 머리를 박고 숨을 때, 조선을 지킨 공주마마란 말이오. 조선이 잊어서는 안 되는 공주마마입니다!"

"발칙한 것! 네년이 뭘 알아."

양반이 합죽선으로 단옥의 얼굴을 세차게 내리쳤다. 부챗살이 부러졌고 단옥의 코와 뺨에서 피가 배어 나와 흘러내렸다. 피를 본 의순의 얼굴에 열기가 치솟아 올랐다. 의순이 두 주먹을 불끈 감아쥐고 양반 앞에 섰다.

"네 이놈! 나는 본래 왕족이다. 더구나 선왕의 칙첩^{제왕이 내리는}^{임명장}을 받은 공주이거늘, 선비란 자가 발칙하구나. 강상의 죄가 두렵지 않더냐! 선왕께서 나를 의순이라 명하셨느니라. 똑똑히 들어라. 나는 조선의 의순공주다!"

의순의 시퍼런 서슬에 놀란 듯 양반이 슬그머니 뒤로 물러났다. 그러자 왕족을 능멸한 강상의 죄란 말에 무리들도 하나, 둘 몸을 돌려 도망치듯 빠져나가기 시작했다. 개중에 나뒹구는 염색 천들을 질질 끌며 걷어차며 끝까지 화풀이를 하는 자도 있긴 했다.

송주가 엉망이 된 마당을 돌아보며 말했다.

"어이구! 참말 너무들 하는구만. 이를 어째야 하나, 관아에 고할까요?"

의순이 고개를 저었고 단옥은 흘러내린 핏자국을 닦아 내며 허탈한 표정으로 말했다.

"내버려 둬. 꽁무니를 뺐으니 당분간 조용하겠지."

한차례 난장판을 치르고 나자 어스름한 밤이 되었다.

그날 이후 며칠 동안 금화원 여인들은 작업에서 손을 놓은 상태로 서로 눈치만 보았다. 다행히 명이는 깨어나 침을 맞고 약을 먹었지만 몰매를 맞은 아낙은 깨어나지 못했다.

'저들은 나를 공격하는 것이다. 내 책임이로다.'

의순은 연이어 벌어지는 일들을 어떻게 풀어야 할지 머리가 지끈거렸다.

새벽부터 온종일 진비가 추척추적 내렸다. 단옥이 금화원 안채로 건너왔다. 주변이 조용했다. 의순은 방문이 열리는 줄도 모르고 작업에 집중하고 있었다.

마음이 어수선할수록 의순은 채화에 빠져들었다. 채화, 이 비단 꽃은 의순을 살게 하는 동아줄이었다. 화조도, 영모도, 수목도. 만들고 싶은 꽃들이 널려 있었다. 창가 아래 문갑에 놓인 단아한 밀랍 매화는 특히 사대부들이 좋아했다.

의순은 치자로 물들인 열매를 가지에 매단 후 한쪽으로 밀어놓았다. 그런 다음 붉은 월계 꽃잎의 주름을 잡으려 누름통을 사용하여 힘을 주었다. 옆에 놓인 대통 쪽으로 얼굴을 돌리던 의순이 그제야 방안에 단옥이 있음을 알았다.

"내가 꽃놀이 중일세."

단옥이 대답 대신 허리를 굽혔다. 그러고도 한참을 월계화에 매달린 의순이 꽃가루를 묻힌 노루 털로 채화를 덧입혔다. 의순은 붉은 월계화 완성품을 백자에 담았다.

"염색한 천에 풀을 먹인 다음 다듬이질과 다림질로 꽃잎의 질감을 살려야 제대로 된 월계화가 피어나는 걸세."

"예, 마마."

의순이 단옥을 향해 돌아앉았다. 심상치 않은 낯빛의 단옥이 입을 열었다.

"마마, 어찌하오리까? 우리 채화를 사지 않겠답니다. 방해하는 자들이 집요해서 모두들 고개를 흔드네요."

언제나 그렇듯 단옥의 말투는 직설적이다. 의순이 단옥을 마주 보았다. 단옥의 손가락이 떨렸다. 마음고생이 심했으리라.

"어찌하겠는가? 이 고난 또한 지나갈 것이니 함께 이겨 내야겠지."

단옥이 그녀답지 않게 입술을 잘근 깨물었다. 의순이 물었다.

"괜찮네. 말해 보게. 또 무슨 일인가?"

단옥은 망설이다가 한숨을 내쉬며 말했다.

"그리고…. 여인들 다수가 예전 살던 마을로 돌아가겠답니다. 조 대감 댁 일도 있고 막쇠 패거리의 협박과 매질에, 목숨마저 잃을까 두려워합니다. 작업장이 노출되어 아이들도 위험해요. 차라리 할미꽃 움막에 있으면 맞아 죽지는 않을 테니 말입니다."

침묵 끝에 의순이 깊은 한숨을 토해내며 고개를 끄덕였다.

"짐작은 했네만 어쩔 수 없네. 당분간 금화원은 비워 둠세. 시간이 해결하는 일도 있으니. 그동안 식구들 건강이나 잘 챙기세."

단옥이 돌아가자 의순은 불도 켜지 않는 방에 앉아 고민했다. 단옥을 위로하긴 했지만 정작 의순의 마음은 무력감이 가득 들어차서 한없이 바닥으로 내려앉았다.

'급류에 휘말린 것처럼 발버둥쳐도 앞으로 나갈 수가 없구나.'

또다시 의순에게 잠 못 드는 밤이 이어졌다. 보름이 지날 무렵 명이는 회복했으나 하인들의 무자비한 매질로 급소를 맞았던 아낙이 끝내 죽고 말았다.

아낙의 장례를 치르고 돌아오는 중, 저잣거리에서 만난 사내들이 의순이 들으라는 듯 큰 소리로 말을 주고받았다. 침을 뱉고 차마 마주 못할 천박한 행동들이 이어졌다.

"청국에서 여러 번 혼인했다더만. 오랑캐 사내가 좋은가? 에라이⋯."

"진짜 공주라면 벌써 목매달아 죽었겠지. 정절을 잃었으면 죽는 게 조선의 법도라고! 고럼, 당연히 죽어야 맞제."

"그러게 말이야, 천한 것들하고 어울려 다니는 꼴이라니. 절벽 아래로 뛰었다면 불쌍하게라도 여겼지. 쩝, 내 딸년이 저랬다면 때려죽였어."

사람들의 고약한 입놀림은 의순을 그림자처럼 끈질기게 따라왔다. 밤이나 낮이나 낄낄대는 허깨비의 소리가 사방에서 들렸다.

'죽어야지, 죽어! 죽어!'

의순은 집 밖 세상으로 나서지 못했다. 나락으로 끝없이 추락
하는 것 같았다. 피가 배어 나오도록 입술을 깨물었지만 마음이
약해져만 갔다.

"하아⋯. 산 넘어 산이로다. 온 조선 땅이 내가 죽기를 바라는
구나."

더없이 모진 세월이었다. 그나마 밝고 영특한 명이가 의순의
곁에 있어 버틸 힘이 되었다.

불타는 마을

의순은 염색에 쓸 석회를 구하기 위해 모처럼 저잣거리에 나갔다. 거리의 공기가 어수선했다. 길 가던 사람들은 물론 아이들까지 어디론가 달려가고 있었다. 명이가 곁을 지나가는 아낙을 붙잡자 아낙이 혀를 차며 답했다.

"쯧쯧, 큰불이 났는가벼. 쩌기 환향녀 마을 쪽인디, 거긴 허접쓰레기라 몽땅 타 버릴 텐디."

"불이요?"

깜짝 놀란 의순과 명이도 아낙 뒤를 따라 달렸다. 의순이 할미꽃 마을에 도착했을 땐 불길이 사그라들고 있었다. 매캐한 냄새와 검은 연기 속의 아우성에 정신을 차릴 수 없었다. 마을 어디나 할 것 없이 숯덩이 사이로 불티가 날아다녔다. 움막을 비집고 들어간 용감한 사람들이 사람인지 물건인지를 마구잡이로 끄집어냈다.

의원을 찾는 소리와 여인들의 울음이 불길처럼 치솟았다 잦아들었다. 간신히 집 밖으로 빠져나온 부상자의 비명이 허공에 메아리쳤다. 그을린 머리털과 시뻘건 얼굴에 진물이 배어 나왔고, 부러진 팔다리와 짓이겨진 피부는 보기에도 끔찍한 화상이었다.

명이는 넋을 놓고 서 있었고 의순도 어디부터 손을 대야 할지 몰라 사방을 훑어보기만 했다. 그러다 시꺼멓게 내려앉은 흙벽과 너와 사이로 허리를 반쯤 접은 한 사내가 기웃대는 모습이 의순의 눈에 띄었다. 언뜻 눈썹과 볼에 새겨진 흉터가 보였다. 순식간에 눈앞에서 사라졌지만 막쇠 같았다. 가까이서 들리는 비명에 놀라 정신을 차린 의순이 명이의 등을 밀었다.

"명아, 의원을 데려오너라. 어서!"

명이가 와르륵 무너지는 흙벽을 돌아 뛰어갈 때 의순의 귀에 익숙한 목소리가 들렸다.

"제발 도와주세요! 여기요, 도와줘요! 의원요….."

송주 목소리였다. 의순은 서둘러 잿더미 위의 송주 곁으로 다가갔다. 송주가 보듬고 있는 것은 흉측한 모습의 여인과 갓난아기였다. 한눈에도 이미 죽은 모자였다. 송주의 눈물이 아기 얼굴을 적셨다. 금화원의 송주가 병든 여인의 아기를 돌보려고 마을에

왔다가 참변을 본 모양이었다. 그 몇 걸음 위에서는 대들보가 떨어져 다친 아이를 안고 여인이 울부짖고 있었다. 연이어 지붕과 벽이 무너지며 또다시 불티가 사방으로 튀었다. 그 여인 곁에 쓰러져 있던 다른 아이가 숨이 넘어갈 듯이 기침을 하며 깨어났다.

의순이 얼른 아이의 등을 쓰다듬어 진정시켰다. 몇 번의 격한 토악질 끝에 아이가 고개를 들었다. 갑자기 아이의 두 눈과 입이 벌어졌다. 오른팔을 들어 바로 건넛집을 가리키며 뭔가 말을 하려고 애썼다. 의순이 아이에게 몸을 기울였다.

"저, 저 남자들이 짚단에다 불을 질렀어요. 제가 봤어요. 그제 섭이 언니를 꼬여 끌고 가려던 사람이라 알아요. 으억, 큭⋯."

의순이 눈을 들어보니 깡그리 무너진 움막 안에서 한 사내가 불씨를 뒤적이고 있었다. 움막 밖에서도 사내 몇이 모였다가 사라졌다. 아까 흘깃 본 그 막쇠와 그 패거리였다. 돈이 된다면 무슨 일이든 하는 자들이라 불을 질렀을 수도 있었다. 하지만 왜? 의순이 벌떡 일어났을 때 등 뒤에서 거센 울음이 터졌다. 멀지 않은 곳에서 아낙과 비쩍 마른 사내가 불에 그을린 시신을 앞에 두고 통곡했다. 그 잠깐 사이 막쇠는 어디론가 가 버리고 없었다.

의순이 주변을 둘러보니 사람들이 끌어 낸 두 노인도 숨을 거둔 상태였다. 수습을 돕던 아낙들이 혀를 차며 중얼거렸다.

"쯧쯧, 수족을 못 쓰니 그대로 타 죽은 게지."

"청국 포로였다가 돌아온 병든 노인네들이라네."

"그래도 부부가 나란히 죽었으니 저승길 외롭진 않겠구먼."

움막들의 불길이 잡히자 개울물을 퍼 나르며 도와주던 사람들이 물러났다. 화상을 입은 부상자들의 신음은 이어졌고 의원은 오지 않았다. 한참 후에야 나타난 것은 관아 포졸 서너 명이었다. 도성 밖에서도 보일 만큼 큰불이었는데도 늦장을 부린 듯했다. 할미꽃 마을은 외진 곳이라 불길이 다른 데로 번지지 않을 것을 알았고 무엇보다, 환향녀 마을이었기에 대처에 소홀했다.

포졸들은 마을을 한 바퀴 휘둘러보았다. 그때야 명이와 의원이 도착했다. 의원과 포졸이 마을 곳곳을 다니며 조사했다. 나머지 사람들은 다친 이들을 한쪽으로 옮겼다. 대충 십여 명 정도 되었다. 의원이 그들을 살피는 동안 포졸들은 앞으로 나섰다. 그들은 반월형으로 둘러있는 사람들을 향해 목소리를 높였다.

"보아하니 애들이 불장난 한 것이다. 저기 위의 초가 아궁이 앞에, 아이 둘이 불타 죽었으니 불장난했던 게 분명하다."

"어디 보자. 노친네 둘, 아낙네 하나에 갓난쟁이 하나, 어린아이 셋이 죽었군. 부상자는 십여 명. 더 볼 것도 없어. 우리는 보고를 해야 해서 돌아가겠다."

그러고는 포졸들이 뒤돌아 마을을 벗어나려 했다. 의순이 나서서 항의했다.

"이보게들, 눈여겨 조사해 보게. 그렇게 봐서야 어찌 불난 원인을 제대로 알 수 있겠는가?"

의순이 포졸들을 가로막으며 덧붙였다.

"불손한 왈패 짓일 수도 있잖는가. 불을 지른 사람을 본 아이가 있고 나도 수상한 자를 본 듯하네."

"허! 거참, 확실하지 않은 소문을 퍼트리면 관아로 가야 하우."

키 큰 포졸이 육모방망이를 손바닥으로 탁탁 치며 의순에게 눈알을 부라렸다. 명이가 얼른 의순의 앞을 막았다.

"예를 갖추시지요! 이분은 의순 공주마마십니다."

명이의 말에 포졸들이 고개를 숙이는 시늉만 했다. 의순이 말했다.

"여보게, 막쇠란 놈일세. 그제 여자아이를 데려가려고도 했다네. 아무래도 수상하니 조사해 보게나."

포졸 중 하나가 콩 튀듯 빠르게 말을 받았다.

"증좌가 있습니까요?"

"증인이 있으이. 마을 아이가 봤다고 했네."

다른 포졸이 무시하듯 콧방귀를 뀌며 건들거렸다.

"흐흥, 잘못 본 걸 수도 있습지요. 까짓 덜 떨어진 어린 것이 말한 걸 참말인 줄 알다니. 쯧. 무슨 이득이 있다고 일부러 불을 질러요. 할미꽃 마을을 말야. 나 참, 공주마마. 우리가 그렇다면 그런 게 맞습니다."

"그렇지요. 불 난 거 말입니다. 겨울이라 건조해서 확 퍼진 겁니다. 애들 불장난입니다만 공주께서 그리 말씀하시니 윗전에 고하긴 하겠습니다. 이런 곳에서 괜히 봉변당하지 마시고 돌아가십시오."

포졸들의 말투는 공손했으나 태도는 불량했다. 포졸들은 발길을 돌려 산 아래로 내려가 버렸다. 회암사에 갔다가 뒤늦게 도착한 단옥이 난장판인 마을을 보고 쉰 목소리로 말했다.

"관아에 다녀올게요. 혜민서 약이라도 받아오려면 관아의 허가를 받아야 합니다."

의순이 두 눈을 질끈 감았다. 짧게 숨을 몰아쉰 뒤 정신을 다잡고서 명이에게 말했다.

"단옥 아줌마를 따라가거라. 혼자서는 힘들 것이다."

명이는 울상을 지었다.

"공주님 혼자 계시면 안 되는데…."

의순이 명이의 등을 밀었다. 두어 번 뒤돌아보던 명이 곧 단옥을 따라 뛰어갔다. 의순이 소매를 걷어 올렸다. 다른 아낙과 함께 다친 사람들을 보살폈다. 다행히 소식을 들은 설가 객주 집사가 의원과 사람들을 보내주었다. 집사의 도움으로 그나마 멀쩡한 집에 환자를 옮겨 치료할 수 있었다. 단옥과 명이는 좀처럼 돌아오지 않았다.

어두컴컴해질 무렵에서야 두 사람이 돌아왔다. 명이가 화가 난 듯 툴툴거렸다.

"수십 번을 애원하고 매달린 후에야 약을 구할 수 있었어요. 할미꽃 마을이라고 우습게 여기는 게 분명해요."

단옥이 피식 헛웃음을 지으며 말했다.

"명아, 속상해 마라. 관아는 저들 말대로 절차가 있으니 말이다."

의순은 한숨이 절로 나왔다. 모두 조선 백성인데 잘 사는 양반 집들이라면 이리했을까. 어찌할 수 없는 무참한 재난 앞에도 차별이 심했다.

이틀 후 곧바로 장례를 치뤘다. 불에 탄 시신이라 보기 흉하기도 했고 혹여 전염병이 번질까 우려해서였다. 설가 객주 집사가 의순을 찾았다.

"공주마마, 저희는 이쯤에서 돌아가고자 합니다. 급한 대로 뼈대를 세우고 천막을 쳤으니 당분간은 지낼 수 있을 겁니다. 그런데 미심쩍은 일이 있습니다. 열 살 전후의 여자아이 두 명이 사라졌답니다. 불탄 시신이 없으니 실종인데…. 일단 관아에 신고는 했습니다만."

집사의 말에 의순은 뭔가 잡힐 듯했으나 그게 뭔지 알 수가 없었다. 생각할수록 머릿속만 혼란스러웠다. 그때 명이가 임 집사의 옷자락을 잡고 물었다.

"근데 행수님은요? 무진이 어디 갔어요?"

의순이 묻고 싶은 말이기도 했다. 이렇게 큰불이 났는데도 설 행수와 무진은 나타나지 않았다. 임 집사가 손사래를 치며 말했다.

"한양에 없어. 며칠 전에 행수 어른과 무진은 진령_{지금의 난징}에 갔단다. 객주에 복잡한 일이 있어 당분간 한양에 못 올 게다. 큰 거래 때문이기도 하지만 행수가 혼인 때문에 시달린다는 소문이 있긴 하다만…."

순간 의순의 머릿속이 하얘졌다. 집사의 말이니 흩어지는 소문이 아닌 듯했다. 명이가 버럭 소리를 질렀다.

"우리 행수님이 혼인한다고요! 아니야. 무진이를 만날 거야."

명이가 바깥으로 뛰쳐나갔다.

"명이야! 무진이도 한양에 없다니까."

단옥이 서둘러 불렀지만 명이는 마을 밖으로 뛰쳐나가 버렸다. 긴장한 얼굴로 단옥이 말했다.

"마마, 이곳은 저희에게 맡기고 돌아가서 쉬세요. 힘들어 보이십니다. 복사골 회갑연에 올릴 꽃을 챙길 겸 작업장에 들러야 하니 제가 모실게요."

의순은 허적허적 금화원으로 돌아왔다. 단옥이 권하는 대로 생각을 접고 안채 침상에 누웠다. 단옥이 곧바로 할 일을 하러 바깥으로 나갔다. 의순은 두 눈을 감았다.

'힘을 아끼자, 기운을 차려야지.'

연이은 참사에 의순의 몸과 마음은 허물어졌다. 땅밑으로 꺼질듯, 숨을 쉬는 것조차 버거웠다. 한참 후에야 금화원으로 돌아온 명이가 의순의 앞에 풀썩 앉았다.

"전부터 소문이 돌긴 했어요. 객주로 붉은 혼인서가 왔다거나 행수님과 황녀가 함께 있는 걸 누가 봤다지만… 확실한 건 없어요! 남의 말하기 좋아하는 자가 퍼뜨린 헛소문일 테지요. 무진이나 행수님이 올 때까지 모르는 거잖아요. 공주님, 아닐 거예요. 그런 일이 있다면 행수님이 공주님께 먼저 알렸겠지요?"

의순은 명이의 말을 되뇌었다. 가슴이 쿵쾅거렸고 눈앞이 아득해졌다.

'혼인을… 설 행수가? 하긴 혼인할 때가 지났지.'

의순은 설강수도 혼인해야 한다는 현실에 생각이 미치지 못했다. 늘 자신의 곁에 있는 사람인 줄로만 알았다. 마음이 답답해졌다. 의순의 가슴에서 질투 같기도 한, 기분 나쁜 뭔가가 들끓기 시작했다.

명이 등 뒤로 말간 겨울 하늘에 어둠이 내려앉았다.

그대 있으매

새해 경칩이 지났을 즈음의 이른 아침이었다. 의순의 방문을 누군가 두드렸다. 명이가 문을 열자마자 외마디 소리를 질렀다.

"행수님!"

설강수였다. 쪽빛 도포를 걸친 설강수가 방안으로 들어왔다. 머리 손질을 끝낸 의순도 화들짝 놀라 일어났다. 마냥 반가웠다.

"설 행수…."

설강수가 빙긋 웃으며 손을 내밀었다.

"공주님, 저와 같이 나가시지요."

의순은 실타래 실이 풀리듯 저도 모르게 설강수의 손을 잡았다. 설강수가 명이에게서 쓰개치마를 건네받으며 말했다.

"명아, 큰 사랑채에서 마마를 찾거든 나와 함께 나갔다고 해라. 저녁참에나 돌아오신다고 하면 된다. 알겠니?"

설강수가 의순의 머리에 쓰개치마를 씌워 주고 앞장서 걸었다. 그의 발걸음은 하인들이 깨끗하게 쓸어 놓은 앞마당을 지나 솟을 대문으로 향했다. 대문 밖 버드나무에 묶인 큰 말이 투레질을 했다. 설강수가 등자를 딛고 단숨에 안장 위로 올랐다. 이어 의순의 손을 잡아당겨 앞자리에 앉게 했다. 그러고는 말고삐를 죄였다.

또각거리는 말발굽 소리가 점차 빨라졌다. 사람들이 깨어나기 시작한 거리에서 말은 거침없이 속도를 냈다. 이어 완만하게 흐르는 강줄기를 따라 달렸다. 강변의 갈대밭 새들이 떼를 지어 후두둑 날아올랐다.

"어디를 가는 겁니까?"

의순의 물음에 설강수가 약간 들뜬 듯한 음성으로 대답했다. 열여섯 살부터 들어온 친밀한 목소리였다.

"바람이 차기는 합니다만 바다 보러 가십시다."

"바다?"

순간 의순의 눈앞에 서역 그림에서 본 푸른 물빛이 어른거렸다. 생각만으로도 기분이 좋아졌다. 희미한 물안개가 피어오른 강을 따라가던 중간에 삼개나루^{마포나루} 주막에 멈췄다. 두 사람은 구수한 국밥으로 배를 채웠다. 그러고는 다시 말에 올랐다. 말 목덜미를 다감한 손길로 토닥이는 의순을 보고 설강수가 물었다.

"공주도 말을 탈 줄 아시오?"

의순이 고개를 끄덕이며 답했다.

"왕부에 있을 때 예친왕이 가르쳐 주었어요. 초원에 몇 번 나갔던 게 전부였습니다만. 말은 사람의 마음을 읽는 영리한 동물이에요."

말이 답하듯 콧소리를 내었다. 설강수가 빙긋 웃었고 의순도 미소지었다.

다시 말을 달려 바닷가에 당도할 때까지 의순과 설강수는 온전히 강과 들판의 경치를 즐겼다. 설강수의 체온을 이렇게 가까이 느낀 적이 있었던가. 그 낯선 설렘이 의순에게 기쁨을 주었다.

이윽고 바다를 마주한 의순은 말을 잊었다. 그저 두 눈으로 푸른 바다를, 하얗게 부서지는 파도 소리를 들으며 가만히 서 있었다. 바다는 상상했던 것보다 훨씬 더 드넓었다. 맹렬한 기세로 밀려들었다가 물러나는 파도가 의순의 가슴을 벅차게 했다. 머리를 휘감아 돌던 근심들이 바닷속으로 끌려가는 듯했다. 의순의 두 눈은 빛났고 입가에 미소를 베어 물었다.

의순이 설강수를 돌아보았다.

"강이나 운하는 보았습니다만 이렇게 가까이서, 바다는 처음 봅니다. 행수! 생각보다 훨씬 좋습니다."

"그렇습니까?"

설강수도 웃었다. 산뜻한 웃음이다. 사내에게서 처음 느껴지는 아름다운 얼굴이었다. 돌연 의순의 심장에서 작은 북소리가 울렸다. 차가운 바닷바람은 간데없고 온몸이 후끈 달아올랐다. 의순이 허둥대며 물었다.

"장쑤성 진링에 가셨다던데 언제 오신 겝니까?"

설강수의 눈길이 오롯이 의순에게 머물렀다.

"어젯밤에 돌아왔소."

이번에는 설강수가 물었다.

"나를 기다렸소?"

지금까지와 다른 설강수의 생경한 말투에 의순은 놀랐고 불안했다. 그러나 의순은 어릴 때부터 익힌 단정한 몸가짐으로 설강수를 마주 바라봤다.

"… 황녀의 청혼이 있어 청국에 갔다고 들었어요."

설강수가 정색을 하며 의순의 눈을 마주 봤다.

"내가 혼인했다면? 다시는 나를 보지 않을 것이오?"

의순은 설강수의 눈길을 피했다. 그러자 설강수가 장난을 치듯 의순을 따라 몸을 움직였다. 의순의 눈동자가 흔들렸다.

"혼, 혼인을 했다면 한양에 이리 빨리 오지 못했겠지요."

의순의 대답에 설강수가 웃음을 터트렸다.

"하하하…. 청혼이 있었던 것은 사실이오. 하지만 황녀들은 황실의 정략혼을 해야만 하오. 나를 이용하려 했지만 원래 황녀의 운명은 정해져 있어 벗어나기 힘드오."

의순이 잠시 머뭇거리다 말했다.

"부귀영화를 누려도 자유가 없다면 헛된 삶이 아닐는지요. 황녀가 측은합니다."

설강수가 가볍게 고개를 끄덕였다.

"그렇긴 하오만 나를 이용할 사악한 생각을 품었던 건 잘못이었소. 우리 집안의 부가 황족과 연결되었기에 그런 생각을 하게 된 것 같소. 나는 말이오, 아무하고나 인연을 맺지 않소이다…. 공주! 오늘은 공주와 나 설강수만 생각합시다. 내 꿈은 바다에서 자랐다고 할 수 있소. 바다를 보며 공주에게 내 이야기를 하고 싶었소."

설강수가 눈앞을 오가는 갈매기 소리에 잠시 귀를 기울였다. 도포 자락이 바람에 휘날렸다. 입을 뗀 설강수의 목소리에 힘이 실렸다.

"나는 설 왕부의 일원이지만 방계 가문이라 어릴 때부터 한족 변방을 떠돌아야 했소이다. 참기 힘든 치욕도 수없이 겪었다오. 명과의 전쟁터에서 설 대방의 숙부인 화신왕을 구했던 공으로 설가 객주에 합류하게 되었소. 대방 어르신의 양자가 되어 나라 간의 무역을 배웠고 청국 깃발을 꽂은 함대를 타고 저 바다처럼 드넓은 세상을 돌아보았소."

처음 듣는 그의 과거였다. 설강수가 의순의 손을 잡았다. 가슴이 뛰고 얼굴도 화끈거렸다. 의순은 아무 생각도 할 수 없었다. 맞닿은 두 손의 감촉을 느끼며 그의 목소리만 또렷했다.

"그러다 조선 땅 의주에서… 빛나는 별을 보았소. 그날 이후 나는 가슴에 그 별을 품고 살았다오. 신행길 의주에서 역관 정명수를 호통치던 공주의 모습이 아직도 생생하오. '내가 혼인한 뒤에 예친왕에게 알리면 네 목숨이 끊어질 줄 알라.'며 꾸짖자 안하무인 정명수가 살려 달라 간청했더랬지. 당돌한 소녀의 눈빛은 내 가슴에 찬란하게 빛나는 별이 되었소. 첫눈에 반했다는 말 그때 알았소이다. 나는 공주에게 반해 버렸고 공주의 사람이 되었소."

설강수가 목소리에 힘을 주며 말을 이었다.

"한양에서 일어났던 그간의 일을 상세하게 들었소. 소인배들에게 수모를 당했을 그대 생각에 이렇게 달려왔소이다. 이 차가운 조선 땅에 그대를 두는 것! 더는 안 되겠소. 돌려 말하지 않으리라. 공주, 나와 혼인해 주시오!"

바닷바람이 차가운데도 설강수의 손에는 땀이 배어 나왔고 뜨거웠다.

"내가 공주 곁에 머문 건, 아버지나 금림군 대감의 부탁 때문이 아니었소. 물론 그동안 공주의 남편들 도움으로 객주를 더 키울 기회를 얻은 것도 사실이고 금림군 대감도 도움을 주었소. 하지만 공주의 행복을 진정으로 바랐던 내 연모는 그것보다 큰 것이었소. 환국 전에도 환국 후에도 조선은 공주를 철저하게 버렸소. 치욕에서 벗어나 이제야말로 공주 자신의 길을 가야 하오."

문득 조선 여인 의순은 청국 사람인 설강수를 보기가 부끄러웠다. 설강수가 두 눈을 반짝이며 다가왔다.

"공주! 공주가 원하는 곳이면 어디든 지키고 돌봐 주리다. 무엇이든 도우리다. 남은 생을 나와 함께 합시다."

그의 목소리에 거부할 수 없는 울림이 있었다. 그러나! 의순은 손을 빼 그에게서 한 발 뒤로 물러났다.

'안 될 말이다!'

의순이 등줄기에 힘을 주어 온몸을 꼿꼿이 세웠다. 바다 갈매기가 내지르는 소리에 날이 섰다. 의순은 파도의 일렁임이 눈부셨고 마음이 어지러웠다. 손톱이 파이도록 주먹을 꽉 쥐고서 머리를 굴렸다. 이는 낯선 공간이 주는 설렘 때문이다. 의순 자신은 물론 설강수의 흥분을 가라앉혀야 했다.

'벗어나야 해. 이 자리를 벗어나야 해. 행수도 나도 상처받지 않도록.'

의순이 새털구름 흘러가듯 가뿐하게 웃었다.

"하하하… 행수, 놀리지 마세요. 나는 조선, 행수는 청국, 이렇게 서로의 나라가 다른 데다 이미 나는 혼인했던 몸이에요. 어찌 그런 일이….."

설강수가 의순의 팔을 두 손으로 잡으며 세차게 고개를 흔들었다.

"공주! 그런 말이 아니지 않소이까. 그대와 나는 기쁨과 슬픔을 함께 겪었는데. 우리에게 그런 게 흠이 될 수 있겠소? 사람과 사람의 인연을 말하는 것임을 그대도 잘 알지 않소? 해와 별처럼 변함없는 나의 진심 말이오. 나와 함께 조선을 떠납시다."

의순은 설강수의 손을 밀쳐 내고서 바다를 향해 걸었다. 설강수가 다급하게 쫓아 의순을 잡으려 했다. 발밑으로 파도가 들이쳐 의순의 다홍치마를 적셨다. 의순이 걸음을 멈추고 가만히 바다를 바라봤다. 설강수의 손이 허공에서 멈춰졌다. 설강수도 의순의 옆에 나란히 섰다. 시시각각 변하는 의순의 얼굴은 무어라 말할 수 없이 복잡했다.

깊은 한숨 끝에 의순은 몸을 돌렸다. 그러고는 설강수의 얼굴을 바라봤다. 준비한 것처럼 해야 할 말이 술술 흘러나왔다. 의순은 그래야 했다.

"오랫동안 나를 지켜 주었던 행수의 마음을 압니다. 오라버니처럼 때로는 오랜 벗처럼. 허나 무엇보다 중요한 사실이 있어요.

나는 조선의 공주입니다! 행수, 나는 조선을 떠날 수 없어요. 선왕에게서 양녀로 칙첩을 받았을 때부터, 나는 조선을 위해 대의에 순종하며 살아야 하는 공주입니다. 아버지의 충이 의순에겐 의였으며 효예요. 더욱이 지금 조선을 떠날 수 없는 이유는, 나와 같은 상처를 입은 환향녀들의 고통을 외면할 수 없어요. 그들을 돕기 위해 내 삶을 바치기로 결심한 의리를 저버릴 수 없음입니다."

설강수가 어금니를 꽉 문 채 호흡이 거칠어졌다. 의순이 말을 이어갔다.

"또한 설 행수가 나와 혼인한다면 지금과는 다를 것입니다. 행수 또한 사대부의 노골적인 보복과 위험에 처할 거예요."

설강수는 거칠게 말을 내뱉었다.

"아니오, 아니오. 공주! 조선을 떠난다면 치욕에서 벗어날 수 있소이다. 그 무엇보다 나는 공주 없이는 살 수 없다는 것을 모르겠소? 나는 황제국 보호를 받는 혈통이자 거상이오. 나와 함께라면 조롱당하는 일은 없을 것이오. 내가 공주의 곁을 지켜 주겠소!"

의순은 슬픈 눈으로 고개를 저었다.

"설 행수, 나는 조선을 떠나지 않아요. 환향녀와 아이들을 지켜야 해요. 혼인이라니… 그럴 수 없습니다."

설강수가 의순 앞에 털썩 무릎을 굽혔다. 그의 충혈된 두 눈이 번들거렸다.

"이런 말까지 하고 싶진 않지만, 공주! 허울뿐인 공주 신분이잖소? 그만큼 했으면 도리를 다 한 것이오. 조선 백성은 잘난 조선에게 맡기면 되오."

'제발! 이렇게 몰아세우면 저는 어찌합니까?'

의순은 입술을 깨물며 차오르는 눈물을 참았다. 연신 고개를 휘두르며 설강수의 말에 저항했다. 마침내 격한 감정을 이기지 못한 의순이 모래밭에 무릎을 꿇었다.

"아! 행수, 이제 좋은 벗이었던 예전으로 돌아갈 수 없겠어요. 어찌하여 이러십니까?"

그러자 설강수도 무너지며 피를 토하듯 소리쳤다.

"나도 그대와 벗으로 지내기 싫소! 지금 현재가 중요하오. 우리에겐 서로가 잊어 본 적 없는 마음이 있는데! 왜, 왜 안된다는 거요? 내가 청국인이라 안 된다는 것이오? 그대도 조선을 망친, 숭명배청 사상에 사로잡혀 있소이까? 아니, 아니오. 나는 그대를, 그대의 마음을 알고 있소. 그대는 누구보다 자유를 원하오!"

그의 찬 손가락이 눈앞에 마주한 의순의 뺨을 어루만졌다.

"… 시간이 필요하다면 나는 기다릴 수 있소."

"행수, 내가 있어야 할 곳은 조선뿐입니다. 조선이란 말입니다. 의를 지켜야 해요."

의순은 완고하게 같은 말을 되풀이하며 고개를 돌렸다. 창백한 설강수의 얼굴을 의순은 차마 똑바로 볼 수가 없었다. 한동안 파도 소리뿐…. 길고 긴 침묵이 두 사람을 휘감고 지나갔다.

바다가 산나리꽃 같은 노을빛으로 출렁거릴 즈음에야 설강수와 의순은 한양으로 돌아가기 위해 말에 올랐다. 그들은 할 말을 잃었다. 서로를 가슴 아파하며 집으로 돌아왔다.

북촌 금림군의 집 앞에서 설강수가 둔탁한 목소리로 물었다.

"공주, 내가 그립지 않겠소?"

의순은 잠자코 설강수를 바라봤다. 설강수의 두 눈이 달빛에 어룽거렸다. 보름달이 뜬 밤하늘을 올려다보며 설강수가 들릴 듯 말 듯 나지막하게 중얼거렸다.

"나는 공주가 사무치게 그리울 것이오. 저 달을 볼 때마다 더욱 그리울 것이오… 나는 이제 조선에 돌아오지 않겠소."

설강수가 쓸쓸한 눈빛으로 훌쩍 말에 올라탔다. 의순과 설강수의 눈이 잠시 허공에서 부딪쳤다. 고개를 돌린 설강수가 말고삐를 당겨 골목을 빠르게 빠져나갔다.

설강수의 청혼을 거절했다. 어쩌면 그것은 의순의 마음속 바람일 수도 있었다. 의순은 가슴이 아프고 아팠다.

'설강수, 정말 가 버렸어. 그이가 떠나 버렸어.'

강인함 뒤에 숨겨진 부드러움과 시련이 와도 이겨 낼 수 있는 설강수가 의순은 좋았다. 그러나 이럴 수밖에 없는 선택이었다.

의순의 삶에 더 이상의 혼인은 안 될 말이다!

며칠 후 어둠이 짙어가는 밤이었다. 유모가 별당을 찾았다.

"마마, 작은 서방님이 집에 왔는데… 설 행수가 낙마했답니다."

의순은 자신의 귀를 의심했다. 말에서 떨어지다니. 설강수는 걷는 것보다 말에 익숙한 사람이었다. 명이가 '헉' 소리를 내며 쏜살같이 바깥으로 튀어 나갔다. 의순은 두 눈을 질끈 감고 기다렸다. 한참 후에야 돌아온 명이가 울먹거리며 말을 쏟아 냈다.

"흑, 행수님이 산 중턱 절벽에서 굴렀대요. 상처는 심하지 않은데 이틀째 의식이 없다고 해요. 으흑, 운이 나쁘면 깨어나지 못할 수도 있대요. 공주님, 어떡해요?"

의순의 몸이 부들부들 떨렸다. 오한이 들었다. 심장이 멎는 듯한 아픔이 가슴을 조여왔다.

'나 때문이다. 나로 인해 설강수가 죽는다면?'

의순이 벌떡 몸을 일으켰다. 그 짧은 순간, 의순의 머리가 명징하게 깨어났다.

'내가 여기까지 올 수 있었던 건.'

의순은 입을 열었다.

"설강수! 나는…. 그대 있으매 견딜 수 있는 세월이었어요. 그대가 있었기에."

습기를 머금은 바람이 파리한 뺨을 스치고 지나갔다. 구름이 비켜 간 하늘 틈으로 별이 총총했다.

다음 날 동이 틀 무렵, 날밤을 새운 의순이 갈립산 자락의 관음사를 찾아갔다. 그녀는 아무도 없는 법당에 올라 두 손을 모으고 기도했다.

'부처님, 설강수를 살려 주세요. 그이가 깨어나게 해 주세요. 저의 정성을 보시고 자비를 베푸소서. 자비를 베푸소서….'

의순이 백팔 배를 올리고 다시 천 배를 올릴 즈음 근육이 마음대로 움직이지 않았다. 명이의 부축을 받고 속도를 늦췄다. 삼천 배를 넘겼지만 부처님 앞에 엎드렸다 일어나길 반복했다. 설강수를 살리고자 하는 온 마음을 모았다. 정신은 혼미했고 흠뻑 젖어 든 몸이 휘우청거렸다. 오직 한 마음이었다. 지금껏 받기만 했던 설강수를 위해, 의순이 할 수 있는 일은 간절한 마음뿐이었다.

삼 일째 되던 날, 의순이 법당 바닥에 쓰러졌다. 명이가 의순을 방으로 옮겼다. 주지 스님의 침을 맞고야 정신을 차린 의순이 명이에게 물었다.

"명이야, 그분 소식은 있더냐?"

명이는 고개를 흔들었고 의순은 자리에서 일어나려 몸을 뒤척였다. 명이 의순을 말렸다.

"공주님, 더는 안돼요. 무진이 연락해 준댔으니까 우리 기다려요. 네?"

명이의 흐느낌을 들으며 의순이 까무룩 잠이 들었다. 꿈속의 설강수는 의순의 부름에도 멀어져 갔다. 의순은 자신이 내지른 소리에 깜짝 놀라 깨어났다.

어느덧 창호지 사이로 새벽빛이 환하게 스며들었다. 처마에서 떨어지는 물소리가 귀에 거슬렸다. 명이 의순 곁에 웅크린 자세로 잠들어 있었다. 의순은 명이에게 이불을 덮어 주고 살그머니 일어났다. 움직일 때마다 신음이 새어 나왔고 팔다리가 뻐근했지만 견딜만했다.

방문을 열어 보니 뜻밖에도 봄눈이 내리고 있었다. 마당에 내린 눈이 겨울눈처럼 소복하게 쌓여 갔다. 새하얀 눈이 의순의 얼굴로 내려앉았다. 봄눈 같지 않은 함박눈이었다. 홀연 하늘 저편에서 의순을 부르는 소리가 들렸다.

"애숙! 애숙!"

설강수의 목소리였다. 애숙은 행복했던 어린 시절 이름이다. 의순의 귀에 목소리가 분명 들렸고 산울림처럼 사라졌다. 의순이 놀라 주변을 두리번거렸다. 어째서 이런 환청이 들리는 건지 알 수 없는 일이었다. 그때 눈발 사이로 사찰의 계단을 올라오는 사람이 보였다. 무진이었다. 의순은 그 자리에 굳은 듯 버텼다. 온몸의 근육이 떨려왔다. 무진이 달려왔다.

"공주마마, 어젯밤에 행수가 깨어났습니다."

"아…"

무진이 의순을 부축해 방으로 들어갔다. 명이가 깨어나 의순의 시중을 들었고 무진은 설강수의 상태를 전했다.

"… 의원이 걱정하지 않아도 된답니다. 제가 보기에도 행수가 며칠 편안하게 자다 일어난 것 같았어요. 다행이지 뭡니까."

방 안의 공기에 따뜻했다. 명이가 말했다.

"공주님, 집으로 돌아가셔요. 며칠간 무리하셨어요. 무진이 온 김에 함께 내려가요."

무진도 덧붙였다.

"공주마마, 그리하시지요."

바깥의 산뜻한 기운이 의순에게 손짓했다. 창호지 밖이 훤했다.

"… 명아, 방문을 열어 보려무나."

의순이 함박눈 내리는 하늘과 땅을 내다보았다. 좋아하는 한시가 저절로 흘러나왔다.

"노을 진 하늘 아래 눈꽃이 가득한데, 뜰 안의 가지마다 매화가 어른거리는구나!"

의순이 미소지으며 손바닥을 가슴으로 올린 순간 뭔가 잡혔다. 의순은 치마끈 안쪽에 매단 향낭을 꺼냈다. 예전 청국에서 설강수가 고통에 시달리던 의순에게 주었던 살구꽃 수 향낭이었다. 의순이 무진에게 향낭을 건넸다.

"무진아, 이것을 행수께 전해 다오. 몸에 좋은 약초가 들어 있어 도움이 될 게다."

의순은 작은 향낭에 설강수의 회복을 바라는 마음을 담았다.

그날 무진을 따라 의순은 북촌 본가로 돌아왔다. 그러나 설강수가 살아났다는 기쁨도 잠시 집으로 가는 걸음걸음 의순은 기운을 잃어갔다. 솟을대문 안으로 들어섰다.

"공주마마!"

의순의 모습에 금림군이 깜짝 놀랐다. 며칠 사이 몰라보게 야위었고 총명했던 두 눈이 텅 비었음이 알아챘다. 금림군은 딸이 하자는 대로 하는 것이 딸아이 마음을 편하게 하는 일이라 여겼던 자신을 탓했다.

금림군은 설강수의 청혼을 짐작했다. 오래전 청국에 갔을 때 설 대방이 지나가듯 설강수의 마음을 전했었다. 조선에 와서는 설강수가 의순을 마음에 두었음을 언급했다. 금림군은 설 대방에게도 설강수에게도 아무런 답을 주지 않았다. 금림군으로서는 의순의 마음이 먼저였다.

그로부터 십여 일이 지났을 무렵, 명이가 설가 객주 소식을 전했다.

"대방 어르신이 행수님을 청국으로 데려갔대요."

디딤돌

　나무 잎새의 초록이 한층 짙어질 즈음에야 의순은 겨우 자리에서 일어날 수 있었다. 딱히 아픈 데는 없지만 서리맞은 풀잎처럼 생기가 사라진 듯했다. 방문을 열자 선선한 바람이 의순의 뺨을 스치고 지나갔다. 먼 하늘을 바라보며 의순은 아버지 금림군을 떠올렸다. 금림군은 날마다 별당을 드나들었다.

　"마마, 기운을 내세요. 어찌 이리 애간장을 태우십니까?"

　외면할 수 없는 금림군의 정성에 의순은 억지로 음식을 넘겼다. 그가 근심에 찬 얼굴로 약재와 음식을 구해 별당을 찾으니 의순이 누워 있을 수 없었다. 이들 부녀관계는 누구보다 애틋하고 특별했다. 그리고 금화원 여인들을 위해서라도 의순은 일어나야 했다.

정오 무렵 설강수를 따라갔다던 무진이 한양으로 돌아와 의순을 찾아왔다.

"공주마마, 대방 어르신이 행수를 최고 대행수로 명하고 설가 객주를 맡겼습니다. 대행수는 예전보다 더 바빠졌어요. 그렇게 위독했는데도 이제 말짱하세요. 의원도 놀랄 만큼 강한 체력을 타고난 분입니다…"

의순의 눈빛에 반짝 활기가 돌았다.

"오, 그러냐. 정말 잘 되었구나."

의순의 대꾸에 무진이 웃었다. 무진이 밝게 웃는 걸 보니 의순도 기분이 좋았다.

"마마, 여기 대행수가 보낸 서책과 서역 가화입니다."

무진이 화각함에서 꺼낸 것은 비단 꽃이었다. 예친왕부 정원에서 본 일이 있는 줄기에 가시가 많고 향이 좋은 꽃이다. 비단 꽃은 실제 꽃송이보다 섬세하면서도 소담했고 바다처럼 푸른 빛이었다.

"푸른 장미는 꿈과 희망을 품었답니다. 보낸 사람의 소망도 함께요. 그리고 오래전 망자 앞에서 했던 공주마마의 서역 약속은 반드시 지키셔야 한다 했습니다."

무진의 말에 의순의 두 눈이 커졌다가 곧 옛일을 기억했다.

'그래, 그랬지. 예친왕 무덤이 파헤쳐졌던 참담한 날이었어. 설행수가, 살아남아 언젠가 서역으로 함께 가 보자 했지. 예친왕도 저승에서 그러길 바랄 거라면서.'

의순은 눈시울이 뜨거워졌다. 의순의 기분을 알아챈 명이가 무진의 옷자락을 슬쩍 잡았다. 무진이 말했다.

"공주마마, 대행수가 뭐든 도움이 필요하면 설가 객주를 이용하라 했습니다. 언제든지요."

"… 무진아, 고맙구나."

목이 메어 간신히 말을 마친 의순의 눈에서 눈물이 또르르 흘렀다. 이렇게 눈물이 많아진 것은 몸과 마음이 허약해진 탓이었다. 의순은 고개를 돌렸고 무진과 명이가 밖으로 물러갔다.

'설강수, 하늘 아래 어딘가 그대가 살아 있어 참으로 다행이에요.'

별당에 혼자 남은 의순은 마음을 굳게 다그쳤다. 세상에 '절대'라는 말은 없다. 무진의 말대로 설강수는 돌아올 것이며 운이 좋다면 설강수와 가까운 벗으로 다시 만날 수 있을 터였다.

의순이 일어나 푸른 장미를 목이 긴 백자기에 꽂았다. 장미 꽃잎이 월계화를 닮았다. 의순이 만든 비단 월계화를 좋아했던 어머니가 떠올랐다. 어머니도 설강수처럼 약해진 의순을 근심할 것이다. 의순이 비단 꽃잎을 어머니 보듯 어루만졌다.

'어머니, 염려하지 마셔요. 어머니 당부대로 이대로 무너지지 않을 겁니다. 그래요, 도르곤은 저를 백송골이라 불렀어요. 기개를 품은 송골매의 눈으로 살아 낼게요!'

며칠 후 공기가 상쾌한 아침나절, 의순은 오랜만에 단옥을 불러들여 당부했다.

"내가 나서야겠지만 다들 자네를 믿고 있으니 채화를 더 익히라 설득해 보게나."

"예, 마마. 안 그래도 틈틈이 마을에 다녀왔습지요. 다들 험한 일을 당할까 두려워 그만두기는 했지만 아이들과 어찌 살아야 할지 걱정이 많았습니다."

방법을 찾을 것도 같았다. 의순은 잠시 생각에 잠겼다가 고개를 들었다. 예전의 차분한 그 눈빛이 되살아났다.

"걱정하지 말라고 하게. 금화원을 지킬 대책을 마련할 것이야. 멀리 바라보세. 생각이 좁으면 사는 게 고통스럽다네."

사실 조 대감 측근들이 환향녀들이 모여 불경한 일을 저지를 거라는 여론을 몰며 금화원 일을 방해했다. 금림군이 상소를 올려 놓은 터였다. 가난한 백성이 살기 위해 호구로 하는 일을 막는다면 그것이 더 큰일이라는 명분이었다. 새 왕도 아녀자들 작은 일인데 그리 큰 근심이냐며 고개를 저었다 했다. 이제 관아의 도움을 받을 수 있었다.

명이와 단옥이 함께 나간 후 미시오후1시~3시에 돌아온 명이가 소식을 알렸다.

"공주님, 금화원에 여인들이 다시 모이고 있어요. 소품 정도야 만들어 낼 수 있을 거예요."

의순은 주먹으로 탁자를 살짝 쳤다.

"처음 마음으로 시작해 보는 거다. 어떻게든 살게 되는 것이 우리네 삶이지 않은가."

그로부터 닷새가 지나 습기를 머금은 바람이 불던 흐린 날이었다. 생명의 기운이 샘솟는 초여름 바람이었다. 명이와 집을 나섰다. 모처럼의 나들이였다. 명이가 할미꽃 마을로 길을 잡았다. 그러고 보니 명이의 키가 의순보다 반 뼘은 커 보였다.

"명이야, 언제 이렇게 자란 게야?"

명이가 배시시 웃었다. 풋사과 향이 나는 듯했다. 곱게 땋은 뒷머리의 붉은 댕기가 명이의 발걸음을 따라 찰랑거렸다. 열다섯 살. 한창 물오른 꽃망울 같은 젊음이었다. 의순과 명이는 날마다 할미꽃 마을과 하대를 돌면서 여인들을 만났다.

"근심할 것 없네. 다시 한번 일어서 보세. 나를 믿고 금화원으로 돌아가세나."

의순은 여인들 손을 하나하나 보담았다. 그들의 눈에 점차 희망의 빛이 어른거렸다.

며칠 후 의순이 여인들과 함께 금화원으로 들어서니 작업장의 여인들 눈이 휘둥그레졌다.

"어라. 공주마마, 저 겁쟁이들을 어떻게 데려오신 겁니까?"

"함께해 보세. 비 온 뒤 땅이 굳어진다 했네. 고난이 우리를 강하게 만들 것이네."

의순의 말에 여인들이 서로 손을 맞잡았다.

각 작업장의 일이 탈없이 진행되자 의순은 단옥을 따로 불렀다.

"그동안 내가 북송의 꽃 그림과 서역의 기법을 연구해 놓은 것이 있네. 조선에서 본 일이 없는 우리 금화원의 꽃이 될 것이니."

단옥이 의순을 걱정스러운 표정으로 살폈다.

"괜찮으신거지요? 보기에 건강하신 듯해서 마음이 놓입니다… 공주마마, 우리 금화원에 마마께서 계시는 한, 어떤 험한 일이 닥친다 해도 헤쳐 나갈 것입니다."

의순은 고개를 두어 번 흔들었다.

"아닐세. 작업장을 둘러보니 자네가 금화원을 살뜰히 살려 놓았다는 것을 알 수 있네. 그간 작업이 끊어졌던 흔적이 없으니. 애썼네."

단옥이 허리를 굽혀 의순의 칭찬에 답했다. 옆에 있던 명이가 말했다.

"공주님, 지난번 기루 일은 막쇠의 꼬임으로 일이 커진 것이니

점포 주인과 얘기를 해 보는 게 어떨까요? 임이네 아줌마가 여쭤
보라고 했어요."

단옥도 거들었다.

"그럴 것입니다. 기루 행수의 선택으로 우리가 거래했지만, 이
전까지는 채화 점포에서 물건을 댔지요. 기루는 큰 거래처이니 타
격이 컸을 겁니다. 조대감 댁 청지기와 막쇠가 잘 돌봐 준다는 명
목으로 대놓고 금전을 요구한다네요."

의순이 고개를 끄덕였다.

"그러고 보니 생각이 짧았네. 점포도, 우리도, 손해를 보았으니
주인을 한 번 만나 봄세. 자네가 다리를 놓아 주게나."

그다음 날, 의순은 채화 점포를 찾았다. 명이의 정보에 의하면
채화 주인은 궁궐 상화원에서 일했던 궁인의 남동생 김가였다. 누
이가 홍역으로 궁궐을 나온 뒤 자신의 식솔들에게 기술을 가르쳐
줬다고 했다. 김가네 집안은 누이가 알려준 기술과 인맥으로 채화
점포를 차린 것이었다.

"이리 찾아 주실 것까지는 없습니다만."

김가의 뻣뻣한 말투에 가시가 있었다. 김가는 이제 갓 서른을
넘겼을 듯한 여인처럼 눈매가 고운 외모의 남자였다. 꾹 다문 입
과 날카로운 턱선에서 남다른 고집이 엿보였다. 의순은 김가에게
고개를 숙였다.

"미안하게 되었소. 살 길이 급해 저자 나름의 정당한 경쟁을 하지 못한 듯하오이다."

의순이 먼저 사과를 했고 그제야 김가도 정중하게 답했다.

"아닙니다. 손님인 기루가 선택한 일인데 막쇠 놈이 부추기는 바람에 일이 그리 되었습니다. 막쇠 같이 뒷배가 있는 놈들 때문에 점포 또한 손해가 이만저만이 아닙니다."

"알고 있소이다. 하여 서로에게 이익이 되는 제안을 하려 하오. 우리는 점포가 없으니 앞으로 금화원 납품을 김가 점포에서 맡았으면 좋겠소. 보아하니 도성 안 주문에 다 맞추려면 힘들 것 같으니 서로 돕는다면 어떻겠소?"

김가의 표정이 단번에 밝아졌다.

"그리 말씀하시니 사실을 털어놓겠습니다. 바로 보셨습니다. 기루에서 원하는 채화가 없다고 거절하는 일이 잦아져 곤란하던 참이었습니다. 그리만 해 주신다면 우리가 서로 얼굴 붉힐 일이 없을 겁니다. 계약 기간과 이익금은 아무래도 저희가…."

옆에서 명이가 말을 막았다.

"오늘은 이쯤 하시고 거래에 대한 일은 차후 저희 집사와 의논하시지요."

의순은 흘깃 명이 얼굴을 바라봤다. 명이의 사람을 대하는 태도가 몰라보게 능숙하고 의젓해졌다. 의순이 자리에서 일어나려

169

하자 김가가 공손하게 말했다.

"공주마마를 처음 뵙습니다만 제 누이가 의로운 분이라 했던 이유를 알겠습니다. 게다가 사람까지 다치고 죽었는데도 저희 잘못을 질타하지 않고 이리 찾아 주셨으니 소인이 믿고 선물을 드리겠습니다."

의순이 의아한 눈빛으로 김가를 바라보았다.

"마마, 막쇠가 어찌하다 조 대감의 하수인이 된 것은 잘 아실 터. 청지기와 막쇠의 지시를 받은 패거리들 행패가 극심했습니다. 수시로 상납금을 받는 것은 물론이며 관아의 눈을 피해 물건을 빼돌렸고 백성들 피를 말렸지요. 저희도 많이 시달렸어요. 그들은 금지 물품을 밀매하거나 매점매석도 겁내지 않아요. 조정에 맞닿은 은밀한 정보통이 아니면 힘든 일입니다."

김가가 상체를 숙여 나지막하게 소곤거렸다.

"그, 조 대감의 엄청난 재물도 막쇠 같은 점조직을 통한 것입니다. 상인들 사이에 떠도는 공공연한 비밀이지요."

의순 역시 조용하게 되물었다.

"증거가 있소이까?"

김가가 슬며시 일어나 한쪽 벽의 발을 걷고 장부 몇 개를 꺼냈다.

"만일을 위해 몇몇 영세 상인과 공유한 장부입니다. 지난 몇 년

간 조정에서 금지한 물품 거래와 최상급 능라가 전부입니다만 확실합니다. 막쇠가 약삭빠르긴 하지만 치밀하지 못해 증좌를 남긴 것들이지요. 저희 같은 소상인들은 파리목숨인지라 만약을 위해 기록했던 것입니다. 마마께서 적절한 때 사용해 주십시오."

의순이 고개를 끄덕였다.

"고맙소. 내 부당한 일에 눈감지 않을 것이오. 비밀은 지키리다."

김가가 허리를 굽혔고 의순은 명이와 함께 점포를 나왔다. 단옥과 송주는 서로 간의 실무 거래를 위해 남았다. 저녁때야 금화원으로 돌아온 단옥이 의순에게 고했다.

"채화 점포에서 많이 양보했습니다. 우리 금화원 기술을 잘 알고 있으니까요. 이제 판매 걱정 없이 채화를 만들어 내는 일만 남았어요."

작업장 안팎으로 웃음과 환호성이 터져 나왔다. 의순도 마음껏 기뻐했다. 이제 한시름 놓게 되었다. 그동안 힘들었던 것들이 옛일처럼 느껴졌다.

모처럼 순조롭게 일이 풀리던 가을을 지나고 있었다. 의순은 명이와 함께 서역의 채화 기술과 지역마다 다른 꽃들을 연구했다. 설강수의 서책과 그림 덕분에 다양한 시각으로 볼 수 있었다.

'그이 말대로 서역이라는 곳을 봤으면 좋겠구나. 우리와는 다

른 독특한 아름다움이 있어.'

의순은 아쉬움에 곧잘 한숨을 내쉬었다.

며칠 사이 서리가 내렸다. 어느덧 감나무에 앉은 까치가 깍깍 울어 대는 초겨울이 되었다. 금화원에 나가 있던 명이가 별당으로 들어왔다. 그동안 명이는 금화원에서 여인들과 복합 염색기법을 거듭 익히고 있었다. 명이와 함께 들어온 이는 방물장수 임이네였다.

"공주마마, 편찮으셨다더니 괜찮으십니까?"

의순이 고개를 끄덕였다.

"다 나았네. 오랜만일세. 재작년 설 즈음에 보고 처음이구만. 외손자가 태어났다지?"

임이네는 밝게 웃으며 답했다.

"아유, 그걸 기억하십니까요. 남쪽 섬지방까지 도느라 도성에는 오랜만입지요. 그보다…."

임이네의 입이 벙그러졌다.

"좋은 소식이 있어 이렇게 달려왔습지요. 금화원에서 만든 물건을 가는 곳마다 부탁받았습지요. 지난여름부터 명이한테는 귀띔을 했는데 조금씩 팔다 보니 부르는 게 값이지 뭡니까요. 그래서 원래 소인이 다녔던 인근보다 더 남쪽으로 내려가 살펴보았습지요."

명이가 옆에서 거들었다.

"그동안 공주님께서 걱정하실까 봐 말씀 못 드렸어요. 제가 만든 채화만 판매했는데도 다들 좋아하더랍니다. 이제는 공주님이 나서실 때가 된 것 같아 임이 아줌마를 데리고 왔어요."

임이네의 목소리가 흥분한 듯 커졌다.

"소인, 처음에는 동무였던 명이 어미를 생각해 명이를 도왔지만 이제는 아닙니다요. 지방은 채화 기술을 아는 이가 적으니 우리 같은 방물장수를 이용한다면 금화원이 크게 일어날 수 있을 겁니다요. 누가 만들었는지 꼭 밝혀야 할 필요도 없고 말입지요."

의순의 눈이 그믐밤 반딧불처럼 반짝반짝 빛났다. 또다른 새로운 길이 보이는 듯했다.

'방물장수를 이용한다? 그 생각을 어찌 못했을꼬.'

의순이 서안을 탁 내리쳤다.

"고맙네, 고마우이. 집사들과 의논해 보겠네. 임이네, 찬이 있을까 모르겠네만 밥이라도 먹고 가게나. 명이야, 찬모에게 일러 밥상을 차려 내거라."

임이네와 함께 나갔던 명이 방으로 다시 돌아왔다. 명이의 목소리가 경쾌했다.

"공주님, 디딤돌을 딛고 가뿐하게 마루에 오르는 것처럼 힘이 나요."

의순은 고개를 끄덕였다.

"그래. 딱 맞는 말이로구나. 명이야. 우리 디딤돌을 힘껏 밟아 보자."

명이가 손뼉을 치며 방싯거렸다.

"예! 개구리처럼요."

죽음 앞에서

시간이 빠르게 흘러 겨울과 봄을 보냈다. 화사했던 꽃들이 떨어지고 잎새가 짙어지면서 계절은 뙤약볕 쏟아지는 한여름이 되었다. 의순은 채화 주문이 늘어났다는 전갈에 금화원으로 건너갔다. 달포한 달이 조금 넘는 기간동안 금화원에서 여인들과 함께 작업을 하며 일손을 도왔다. 주문받은 일이 거의 끝낸 후에야 본가로 돌아올 수 있었다. 의순이 땀에 젖은 옷을 갈아입고 막 자리에 앉으려던 참이었다.

"공주님, 공주님!"

별당의 열린 쪽문으로 명이가 달려왔다. 겁에 질린 표정이 예사롭지 않았다. 벌떡 일어난 의순 앞의 명이가 숨을 몰아쉬며 고했다.

"단옥 집사가 관아에 잡혀갔어요!"

뜻밖의 소식에 의순이 놀라 털썩 주저앉았다. 명이가 말을 이었다.

"우리, 우리가 나라에서 금하는 무늬 비단을 불법으로 거래했대요."

순간 의순은 몇 주 전 일을 떠올렸다. 좋은 비단이 들어왔다는 포목점 주인의 연락이었다. 늘 하던 대로 단옥이 나서서 거래를 했고 의순도 견본을 확인했다. 의순은 고개를 갸웃했다.

"분명 아무 이상이 없었던 물건이었는데 무엇이 문제란 말이냐?"

명이가 떨리는 음성으로 더듬거렸다.

"저, 저도 무슨 일인지 알지 못해요. 그나마 안면 있는 포졸이 알려 준 말이에요."

의순은 명이를 앞세우고 금화원으로 건너갔다. 해쓱한 얼굴의 송주가 의순을 맞았다.

"조선을 자주 드나들던 상인이라 해서 형님이 계약했습니다. 불법이라니, 당치도 않아요."

송주의 말에 따르면, 풍랑으로 파손된 배의 물건을 헐값으로 파는 것이라 했다. 얼마 전 벽란도 인근에 폭풍이 들이닥친 피해 사실이 있었고 도성 포목점들과 거래했던 자라 의심할 수 없었다고 했다. 의순은 빠른 판단을 내려야 했다.

"송주 집사, 계약서를 가져오게. 명이는 설가 객주로 가서 집사를 불러오너라. 장부에 대해선 임 집사 만한 사람이 없으니."

의순은 단옥이 거래한 계약서를 살폈고 창고의 비단에도 별다른 점이 없어 보였다. 마침 명이와 함께 임 집사가 들어왔다. 집사가 의순이 내민 계약서를 찬찬히 보았다. 얼굴이 급격히 굳어졌다.

"계약상으로는 잘못된 부분이 보이지 않습니다. 다만 판매자가 예전에 해적과 거래한 혐의가 있어 설가 객주에서는 피했던 자입니다. 이들은 불과 십여 명의 상단이랄 것도 없는 보부상들입니다. 그때 저희 객주는 아랫사람을 내치는 것으로 마무리 지었지요. 쥐새끼처럼 교활한 자들이에요. 의심은 가나 조선에 드나드는 것을 막을 수 없습니다. 높은 벼슬아치가 뒤를 봐준다는 소문도 나돌았어요."

의순의 미간에 주름이 졌다.

"믿을 수 없는 자라. 단옥 집사의 고초가 심할 터인데. 어찌한다?"

임 집사가 신중하게 답했다.

"일단 저희 쪽에서도 알아보겠습니다, 마마."

"부탁하오, 임 집사"

의순이 서둘러 관아에 찾아갔으나 단옥을 만날 수 없었다.

"아무도 죄인을 면회할 수 없소. 위에서 내려온 명이라 저희도 어쩔 도리가 없습니다."

포졸들의 완강한 손길에 의순은 발길을 돌려야 했다. 중개 포목점도 의순을 피했다. 애타는 시간이었다. 이틀 후 무진이 송주와 함께 찾아왔다.

"공주마마, 포목점 주인을 닦달해 보니 아무래도 우리가 함정에 빠진 듯합니다. 청국 상인이 금화원을 콕 집어 거래하겠다며 포목점을 졸랐다고 합니다. 고급 비단이라면서요. 은자까지 쥐여 줬답니다."

그동안 얼굴이 반쪽이 된 송주가 옆에서 거들었다.

"계약하기 전 비단을 살피다가 마마께서 전에 말씀하셨던 청두 비단이 섞여 있는 것을 발견하긴 했습니다. 허나 청두 비단이 양쪽 나라 모두의 허락을 받아야 한다는 것을 몰랐어요. 청국 상인은 거래에 아무 문제 없고, 오히려 청두만의 직조 무늬이기 때문에 더 받아야 하는 비단이랬어요. 태풍 때문에 어쩔 수 없이 싸게 넘기는 거라며 생색을 내서 서둘러 계약서를 쓰게 된 겁니다. 단옥 형님에게 괜찮을 거라고 한 제 탓도 있어요. 보기 드문 비단에 욕심을 냈습니다."

무진이 옆에서 말을 이었다.

"그런데 공주마마."

의순이 무진을 바라보았다.

"우연인지 중개 포목점 골목을 빠져나가는 막쇠를 보았습니다."

의순의 눈이 휘둥그레졌다.

"막쇠라니? 그자가 왜?"

무진이 머리를 긁적이며 말했다.

"저도 의심스러워 뒤를 밟았는데, 조 대감 댁 뒷문으로 들어가는 것을 확인했습니다. 한참을 기다려도 나오지 않길래 돌아왔습니다만."

명이가 무진의 어깨를 탁 쳤다.

"이런 바보! 그렇다면 이리로 올 것이 아니라 계속 지켜봐야지."

무진이 당황한 듯 얼굴이 벌게졌다.

"임 집사와 마마께서 궁금하실 것 같아 달려왔습니다. 설가 객주로 가서 상의하겠습니다."

"그래, 얼른 가 봐라."

의순의 손짓에 무진이 바람처럼 밖으로 뛰쳐나갔다.

사흘이 지난 후, 밤늦게 돌아온 무진이 그간의 소식을 전했다.

"청국 상인을 잡아 자백을 받았어요. 그자도 그 청두 비단을 막쇠에게 건네받았다고 실토했습니다. 하여 기루에 숨어 있던 막쇠를 다그친 끝에, 어란포^{해남}에서 온 해적에게서 구입했다는 자백을 받았습니다. 그러한 명을 내린 자가 누군지는 밝히지 못했지만 관아에서 알아낼 것입니다. 막쇠를 관아에 넘겼거든요."

다음 날 아침, 금림군이 의순을 찾았다.

"유모에게서 전해 들었습니다. 아비가 있는데 어려운 일을 혼자 감당하려 하십니까? 관아 일은 아비에게 맡기세요, 마마."

의순이 염려스러운 얼굴로 금림군을 바라봤다.

"아버지, 조 대감 일가가 연루된 일입니다. 조심하셔야 합니다."

금림군이 궁궐로 들어간 다음, 의순은 명이와 함께 관아로 갔다. 이번에는 순순히 면회를 허락해 단옥을 만났다. 단옥은 초췌한 얼굴로 고개를 숙였다.

"공주마마, 소인의 잘못으로 심려를 끼쳤습니다."

"몸 상한 데는 없는 겐가?"

"예. 이상한 것은 며칠째 소인을 감옥에 가둬 놓기만 했을 뿐 문초를 하지 않았습니다."

의순도 고개를 갸웃했다. 이때 옥사 안에 시끌벅적한 소리가 퍼지며 누군가 오랏줄에 묶여 포졸에게 끌려 들어왔다.

"이놈들아, 내가 누군 줄 알고! 엉? 나는 조 대감 댁 사람이란 말이야, 그 댁에서 알면 너희들 다 죽었어!"

난동을 피우며 들어오는 자의 목소리가 귀에 익었다. 막쇠였다. 불현듯 의순의 뇌리를 스치는 사건이 있었다. 할미꽃 마을이 불탔을 때 여자아이 둘이 실종되었다. 생각해 보니, 불길은 그 아이들 때문에 벌인 일이 아닌가 하는 의구심이 들었다. 막쇠가 관련이 되었을 거라는 심증이었다. 증거가 없으니 진실은 묻혔다. 필시 이번 해적 일과도 연결점이 있을 것 같았다. 사람들에게 해를 끼치는 독사 같은 인간이라는 생각에 소름이 돋았다.

어두컴컴한 옥사 사잇길에서 바닥의 돌부리에 걸린 듯 막쇠가 벽에 머리를 박았다. 그러고는 의순과 맞닥뜨리자 바닥에 가래침을 칵 뱉더니 빈정댔다.

"캬악, 탁! 허어, 이게 누구시래? 환향녀 마마! 그럴 줄 알았수다. 이보쇼 포졸 양반들, 이거 풀어 주쇼. 내가 아니라니까. 저쪽 밀거래가 들통났겠지!"

늙수그레한 포졸이 육모방망이를 들어 막쇠 등을 가볍게 쳤다.

"이놈아, 아무 말이나 함부로 하는 거 아니지! 죽고 싶은 게야?"

또다른 포졸이 안쪽 끄트머리 감옥에다 막쇠를 던지듯 밀어 넣었다.

"조심하는 게 좋을 거다. 그 댁 청지기가 네 입을 막으라 했다."

그 말에 막쇠가 멈칫하더니 감옥 문살을 잡고 흔들었다.

"청, 청지기? 뭐랬다고!"

포졸들이 의순에게 말했다.

"이만 나가시는 게 좋겠습니다."

단옥도 고개를 숙였다.

"공주마마, 소인 걱정하지 마시고 돌아가셔요."

의순이 단옥의 손을 다독인 후 돌아섰다. 의순의 등 뒤로 막쇠의 고함소리가 들려왔다.

"왜, 왜 나를 잡느냐고! 저것들을 가둬야지."

의순이 명이를 앞세우고 집으로 돌아왔을 때 금림군이 별당에 들어 있었다. 명이가 얼른 찻상을 준비해 올렸다. 의순은 뜨거운 물로 잔을 데운 후 가만히 찻물을 따랐다. 의순이 말했다.

"아버지, 오늘 옥사에서 막쇠 그자를 보았어요."

금림군이 잠자코 찻잔을 들어 따뜻한 차를 한 모금 마셨다. 그러고는 헛기침과 함께 입을 열었다.

"마마, 불법 거래는 청 상인들의 농간으로 잘 처리될 것입니다…. 아비가 고심한 끝에 오늘 조 대감을 만났어요. 빈손으로 말입니다."

금림군이 긴장하는 의순을 바라보더니 말을 이었다. 진중한 목소리였다.

"마마가 넘겨 준 그 장부만으로 해결할 수 없습니다. 뿌리 깊은 부정부패를 잘못 건드린다면 사화로 번질 것이며, 멸문을 당할 것입니다. 그만큼 만만치 않은 일이에요. 또한 청국 상인과 한낱 청지기와의 내밀한 거래를 들이밀어 봤자 조 대감 자신은 모르는 일이라 시침을 뗄 것입니다. 모든 것을 막쇠의 죄로 몰아가겠지요. 하나 능구렁이 같은 자인지라 증좌가 있다는 것을 눈치채고 타협점을 내놓더군요. 아비가 금화원을 건들지 않겠다 약조를 받았습니다."

의순의 목소리가 높아졌다.

"하지만 아버지, 증인과 증좌가 있는데 우리가 쉽게 물러나는 게 아닌지…."

금림군이 고개를 저었다.

"마마, 권력자의 욕심을 채우는 깊은 우물인데 이런 정도로는 뿌리 뽑지 못합니다. 조 대감을 지지하는 붕당 세력을 섣불리 건드릴 수 없어요. 지금은 적당한 선에서 마무리 지어야 해요. 기회가 올 것입니다. 시장을 어지럽힌 죄를 반드시 물을 것이니 아비를 믿으소서."

금림군이 의순의 앞으로 찻잔을 밀었다.

"잡혀갔던 금화원 여인은 풀려났을 겁니다."

바깥이 어두워지는 듯하더니 후두둑 소리가 지붕을 때렸다. 장맛비가 내리고 있었다. 연못도 마당도 흠뻑 젖어 들었다.

금림군이 사랑채로 돌아가고 난 뒤 의순은 불도 켜지 않은 방에서 생각에 잠겼다. 지금까지 살아오면서 겪었던 무수한 일들이 그 나름의 어떤 운명에 의해 굴러감을 느꼈다. 어찌할 수 없는 그 운명은 자신의 힘으로 막을 수 없는 거대한 수레바퀴였다. 하지만 부당한 일들은 언젠가 바로 잡힐 거라고 믿고 싶었다.

'그래. 단옥이 풀려났다니 그나마 다행이구나. 한고비를 넘겼으니 다음 일을 생각하자.'

그로부터 나흘째가 되어서야 장맛비가 주춤했다. 의순은 명이를 앞세우고 금화원으로 향했다. 평소처럼 명이가 노점 상인들과 두런두런 얘기를 나누다가 의순을 뒤쫓아왔다.

"공주님, 방금 떡집 앞에서 들었는데요. 막쇠가 곤장 40대를 맞고 혼절했답니다. 근데 밤중에 옥사에서 감쪽같이 도망쳤대요. 관아에서 막쇠를 잡는다고 난리도 아니라고 해요. 옥사는 아무나 드나들 수 없는데 누가 풀어준 거 아닌가?"

그 말을 듣는 순간 의순은 몹시 불안했다. 주변을 두리번거리며 명이를 단속했다.

"명이야, 안 되겠다. 무진이나 다른 호위무사라도 데려와야겠다. 어서 가자."

"예, 공주님."

명이가 대답하고는 삼거리 주막 쪽으로 먼저 뛰었다. 쓰개치마를 다잡아 쓰고 뒤따라가던 의순의 앞을 성큼 가로막는 사내가 있었다. 봉두난발에다 걸인 꼴인 막쇠가 의순을 막아섰다.

"너 때문이다! 나보고 한양에서 사라지란다. 높은 분께 겨우 눈도장 찍었는데, 네년 때문에 다 망쳐 버렸단 말이다. 다 된 밥이었어!"

막쇠의 사나운 목소리에 명이가 황급히 되돌아왔다. 두 팔을 벌려 의순을 보호하려 했다.

"여기요, 도와주세요! 도와주세요! 아아악…"

막쇠가 명이를 밀쳤고 그 억센 힘에 명이의 몸이 돌멩이처럼 땅바닥에 나뒹굴었다. 막쇠의 두 눈이 광기로 번들거렸다. 막쇠가 다리를 질질 끌며 의순에게 달려들었다. 품에서 꺼낸 식칼이 막쇠의 손에서 시퍼렇게 날을 세웠다.

"죽어라, 죽어! 공주는 개뿔. 알토란 같은 명이를 훔쳐가더니, 네년이 내 신세를 망쳤어!"

막쇠가 순식간에 의순의 가슴에 식칼을 꽂았다.

의순의 두 눈에 악귀처럼 웃는 막쇠의 모습이 서서히 멀어졌다. 이어 온 세상이 붉게 물들었다. 의순은 고목이 넘어가듯 바닥에 쓰러졌다.

꿈인지 생시인지 알 수 없는 시간들이 흘렀다. 극심한 고통이 밀려들 때면 구렁텅이에 빠져들듯 정신이 혼미했다. 비명이 몸 안에서 터져 나왔고 모든 것을 놓고 싶다는 생각에 사로잡혔다. 그런데 귓가에 속살대는 소리들이 의순을 붙잡았다.

"아가, 아가. 아비 곁을 떠나지 말거라!"

"공주마마, 정신을 놓으시면 안 돼요⋯."

"길바닥에 살던 저도 살아남았잖아요. 공주님 이겨 내실 거예요. 그렇지요?"

소리들이 의순의 귓가에 맴돌다 사라지곤 했다. 애간장을 녹이는 이승의 목소리가 의순의 몸이 하늘로 떠오르지 못하도록 눌렀다. 짙은 안개 속에 갇힌 듯한 하얀 세상이었다.

그러던 어느 날, 문득 고통이 사라지고 편안했다. 누군가 옆에서 의순의 머리카락을 쓸어올렸다. 봄바람처럼 감미롭고 온화한 손길이었다. 감각이 돌아왔다. 누군지 보고 싶었으나 눈꺼풀이 움직여지지 않았다.

"공주, 나의 공주님⋯."

누구더라. 의순이 기억을 더듬는데 목소리가 이어졌다.

"⋯ 그대는 언제나 내 사람이었소."

그 목소리의 주인이 의순의 손을 살며시 잡았다.

"애숙. 애숙이란 그대 이름이 참으로 어여쁘다는 걸 아시오?"

의순의 머릿속은 촛불이 켜진 듯 환해졌다.

'아, 설강수!'

숨결 같은 목소리가 이어졌다.

"… 오랫동안 연모한 내 마음을 모르진 않았을 거요. 공주의 행복만을 바랐던 내 연모를 몰랐다고 하지 마오."

의순의 손에 뜨거운 물방울이 톡 떨어졌다. 설강수가 가만가만 의순의 뺨을 어루만졌다. 그의 목소리가 젖어 들었다.

"부디 살아만 주오. 애숙! 살아야 하오. 나를 위해 살아 주오. 그대를 이렇게 보낼 수 없소. 나는 그대와 혼인할 거란 말이오."

그 순간, 의순은 의식이 선명해졌다. 이어 불길한 생각에 진저리를 쳤다.

'안 돼! 까마귀 같은 것들이, 내가 불운해서 남편들이 죽었다고 했지! 아, 그를 죽게 할 수 없다. 혼인은 절대 안 될 일이야.'

바로 이것이었다! 바닷가에서 설강수의 청혼을 거절한 진짜 속마음이다. 예친왕이 죽은 이후 가슴 밑바닥에 고여 있던 어둠이자 저주였다. 의순이 두 눈을 억지로 떴다. 그러고는 사력을 다해 입을 열었으나 말이 되지 못했다. 화들짝 놀란 설강수가 의순의 상체를 일으켜 안았을 때 겨우 쥐어짜듯 숨을 몰아쉬며 한마디를 내뱉었다.

"… 아ᄂ되ᄇ니다…"

의순은 불에 덴 듯 가슴이 달궈졌고 아팠다. 혼절하듯 두 눈이 스르르 감겼다. 설강수의 청혼을 두 번이나 거절했다. 기운이 있다 하더라도 그의 슬픈 눈을 차마 볼 수 없음이다.

설강수가 의순의 맥을 짚더니 자리에 눕혔다. 이때 방문이 열리는 소리가 나더니 의원의 말이 들렸다.

"대행수, 시침을 해야 할 시각입니다. 고비를 넘겼지만 안심할 수 없습니다."

사그락 도포 자락 소리와 함께 설강수가 일어났다. 망설이는 듯 설강수는 잠시 움직이지 않았다. 곧 설강수의 발걸음이 멀어졌고 방문이 닫혔다.

'연모하는 내 마음을 알고 있지 않소이까?'

의순은 설강수의 말이 머리에서 떠나지 않았다. 스러져 가려는 의식의 끝을 붙잡았다.

'아, 설강수, 설강수!'

그의 이름을 부르자 가슴이 또다시 뜨거웠고 깨달았다. 어쩌면 의순도 설강수처럼 열여섯 살의 의주에서 그를 눈에 담았을지도 모른다. 시나브로 의순의 머릿속이 명백해졌다.

'그래! 어찌하여 내 탓인가? 나는 매번 청국의 남편들에게 정성을 다했다. 그들이 죽은 것은 내 잘못이 아니다!'

그를 불행하게 하고 싶지 않아 밀어 낸 것도, 그와 함께하고 싶은 것도 의순의 진심이다. 머리가 맑아질수록 살고 싶었다. 죽음이 눈앞에 서성이자 그제야 불길처럼 솟아오른 삶의 욕망은 끈질기고 강한 집착으로 모습을 드러냈다. 설강수가 웃고 있는 세상에서 함께 살고 싶은 욕망이 움트기 시작했다. 설강수는 그녀의 마음 깊은 곳에 녹아든 숨겨진 사랑이었다.

그날 이후 의순의 상처는 빠르게 아물어 갔다. 품안에 넣어 둔 어머니의 옥패 목걸이로 인해 칼날이 비켜 갔다. 한 치만 깊이 들어갔어도 즉사했을 것이다. 의원은 진료를 할 때마다 하늘의 도움이라 했다.

의순을 죽이려 했던 막쇠는 저잣거리에서 사라졌다. 관아에서 몇 달 동안이나 한양 인근을 샅샅이 뒤졌으나 막쇠의 행방을 찾지 못했다. 뒤숭숭한 날들이었다.

가을의 끝자락이 지나가건만 의순은 별당에서 꼼짝하지 않았다. 가슴의 상처는 흉터로 남았지만 의순의 마음이 문제였다. 의순의 곁을 떠나지 않을 거라는 설강수에 대한 믿음이 폭죽처럼 한순간 아주 밝아졌다가 사라졌다.

두 번의 청혼을 거절당한 설강수는 조선을 떠나 돌아오지 않았으며, 서찰조차 보내지 않았다. 의순은 뒤늦게 자신의 마음을 확신했건만 그와 만날 기회를 잃었다. 기다림의 고통이 찾아왔다. 약속하지 않았던 기다림이었다. 금화원 여인들을 향한 자잘한 사건들도 의순을 힘들게 했다. 또한, 오라버니들의 순탄치 못한 벼슬길과 아버지에 대한 조정 대신들의 견제와 탄압이 의순의 마음을 괴롭혔다.

그러나 의순은 알지 못했다. 바닥까지 내려꽂혔던 의순의 마음에 아무도 누를 수 없는 반골 기질이 꿈틀거리며 움직이기 시작했다는 것을.

첫눈이 내리던 날, 무진이 별당을 찾아왔다.

"공주마마, 청국에서 출발하는 서역 함대에 저도 함께 갑니다. 넓은 세상을 볼 기회가 왔어요. 이틀 후에 한양을 떠나기에 인사드리러 왔습니다. 하지만 조선으로 돌아올 거예요."

무진은 그러면서 명이를 바라봤다. 명이가 무진의 어깨를 탁 쳤다.

"잘 생각했어. 내가 말했잖아. 꿈을 가진 사내라면 그래야지. 그렇다고 너! 안 돌아오기만 해 봐. 내가 꼭 너를 찾아낼 거다. 나한테 빚이 있으니 잊지 말라고."

무진이 명이 어깨를 툭 쳤다.

"돌아올 거야. 공주마마 그리고 너 만나러."

의순이 미소 지으며 두 아이를 눈에 담았다. 어느새 아이들은 어린 티를 완전히 벗고 사랑스러운 젊음으로 눈앞에 있었다.

우리의 조선

　의순이 금화원 사립문으로 들어섰다. 마당에서 풀 먹인 삼베를 햇살에 비추어 보던 단옥이 서둘러 다가왔다. 의순은 안마당 주위를 둘러보며 물었다.

　"명이는 어디 있는가? 바쁜 일이 끝났을 텐데."

　단옥이 고개를 두어 번 흔들었다. 염색물 묻은 귀밑머리가 살랑거렸다.

　"마마. 명이, 어제오늘 작업장에 오지 않았습니다."

　의순의 얼굴이 불길한 예감에 어두워졌다.

　"어제 아침 대장간에 맡긴 가위를 찾는다고 나갔는데…. 나는 금화원에 있을 줄 알았네."

단옥의 지시를 받은 몇 명의 여인들이 바깥으로 나갔다. 단옥이 차분하게 의순을 위로했다.

"마마, 별일이야 있겠습니까. 대장간부터 살피라 일렀습니다만 어쩌면 할미꽃 마을에서 아이들과 놀고 있을 수도 있습니다."

그로부터 반 시진도 되지 않아 한 여인이 헐레벌떡 들어와 의순을 찾았다.

"공주마마, 삼거리 주막 주모가 보았다고 합니다. 막쇠 패거리들이 명이를 끌고 갔다네요. 먼발치에서 본 거라 긴가민가했는데 다시 생각해 보니 우리 명이가 분명하답니다."

의순이 탁자를 움켜 잡으며 일어섰다.

"어서 관아에 신고부터 하게나. 모두에게 명이가 납치되었다고 전하게!"

그 즉시 금화원의 작업을 모두 중단했다. 단옥과 송주가 서둘러 여인들을 도성 안팎으로 내보냈다. 의순이 단옥을 붙잡고 일렀다.

"임 집사에게 도움을 청하게. 관아보다 빨리 움직일 걸세."

단옥이 머릿수건을 쓰고 바깥으로 뛰쳐나갔다. 의순이 안절부절못하고 마당과 골목을 오가며 서성였다. 얼마 지나지 않아 단옥이 달려왔다.

"마마, 설가 객주 사람들과 청나라로 출발하려던 무진까지 나섰습니다. 곧 찾을 겁니다."

의순은 서둘러 어깨에 쓰개치마를 걸쳤다.

"우리도 나가 보세. 이렇게 손 놓고 기다릴 순 없네."

의순은 단옥과 하인들을 앞세우고 도성 안 저잣거리로 향했다.

"한 군데도 빠뜨리지 말고 뒤지게. 서둘러야 하네."

그러나 꼬박 하루가 더 지나고 그다음 날 해가 어스름해질 때도 명이 소식이 없었다. 의순이 지친 몸으로 금화원에 들어섰을 때, 임 집사가 보낸 하인이 허둥지둥 달려왔다.

"공주마마, 찾았어요. 송파나루에서 발견했습니다. 납치했던 패거리는 놓쳤지만 명이는 무사하답니다."

의순이 하인을 따라간 곳은 나루터로 이어지는 골목의 오래된 창고였다. 이미 임 집사의 지시로 창고 주변에는 사람들이 접근하지 못하도록 무사들이 지키고 있었다. 의순이 가쁜 숨을 몰아쉬며 창고 안으로 발을 내디뎠다.

창고 깊숙한 곳에 명이가 있었다. 거무스름한 벽의 한쪽 구석에 붙어 온몸을 웅크린 채 얼굴을 가렸다. 풀어헤친 머리카락은 지푸라기와 먼지로 뒤덮였고 몸에 걸친 옷은 갈기갈기 찢겨 나달거렸다. 명이는 아무에게도 곁을 주지 않고 발악하며 손톱을 세웠다. 불과 나흘 만에 꽃봉오리 같던 명이의 모습은 온데간데없었다.

무진이 그 앞에 무릎을 접고 굳은 듯 앉아 있었다. 의순은 애써 다정하게 불렀다.

"명아, 나다. 괜찮다. 괜찮아. 이리 나오너라."

명이가 벽에다 온몸을 바싹 밀며 초점 없는 눈동자만 희번덕거렸다. 몇 차례나 다가가려 시도했지만 명이는 더 앙칼지고 사나워졌다. 그 모습을 지켜보던 임 집사가 의순을 말렸다.

"마마. 정신 줄을 놓은 데다 저대로 두면 위험해집니다. 의원에게 데려가야…."

집사의 말이 끝나기도 전에 무진이 목소리가 창고 안을 울렸다. 한 번도 듣지 못한 어둡고 메마른 소리였다.

"명이, 명이는 내가 데려가요."

의순은 울고 싶은 것을 겨우 참아 내며 무진의 어깨를 토닥였다. 그러고는 말없이 밖으로 나왔다. 명이가 무슨 일을 당했는지 누구나 알 수 있었다. 한참 후 무진이 축 늘어진 명이를 품에 안고 창고 밖으로 나왔다. 명이의 급소를 눌러 진정시킨 듯했다. 무진의 목덜미와 팔뚝에 할퀸 손톱자국이 도드라졌다.

의순은 뒷일을 임 집사와 단옥에게 맡기고 집으로 돌아왔다. 의순은 별당의 불을 밝혔고 무진이 방 안으로 들어왔다. 그러나 무진은 명이를 좀체 내려놓지 않으려 했다. 의원이 유모와 함께 마루로 올라서자 의순은 무진의 등을 가만가만 쓰다듬었다.

"무진아, 내게 맡기거라. 잘 돌볼 테니 너는 객주로 돌아가. 그 래야 해."

실핏줄이 터진 무진의 붉은 눈이 천천히 의순과 명이를 번갈아 봤다. 붉그레한 눈자위에 피눈물이 고였다가 주르르 흘러내렸다. 무진이가 명이를 요 위에 내려놓았다.

유모가 명이의 험한 몸 상태를 보고 재빨리 손을 움직였다. 의 원이 그 옆에 앉아 진료를 시작하자 의순이 무진의 몸을 돌려 바 깥으로 밀어냈다.

"돌아가거라. 의원이 왔으니 명이는 괜찮을 게다. 너도 쉬어 야 한다."

마루에서 석상처럼 움직이지 않는 무진을, 의순 혼자 힘으로 어림없었다. 의순의 눈짓에 유모가 일어나 무진을 밖으로 이끌 었다.

"무진아. 아가, 여기 있어 봐야 네가 할 일은 없단다."

"지금은 명이가 너를 보는 게 힘들 수도 있다. 무진아, 명이가 찾으면 연락하마."

의순도 나서서 무진을 달래 억지로 돌려보냈다. 무진이 돌아가 고 난 직후에 명이가 깨어났다. 의식이 돌아오자마자 명이가 독에 갇힌 생쥐처럼 뱅글뱅글 돌았다. 명이는 초조하고 불안한 눈빛으 로 숨을 곳을 찾았다. 약을 먹일 수도 의원의 진료를 받을 수도 없었다. 식은땀에 젖은 얼굴로 알아듣지 못할 외마디 고함을 질러 댔다. 꼬박 하루 밤낮을 그러더니 제풀에 지쳐 또다시 정신을 잃었다. 의원이 약침으로 명이를 잠재웠다.

"눈에 보이는 부상은 괜찮습니다. 마음이 문제지요. 이 상태로는 잠이 치료 약입니다."

무진은 날마다 별당 주변을 서성이다가 때때로 홀린 듯 명이가 잠든 방안으로 뛰어들었다. 어쩌다 깨어나도, 명이는 무진을 알아보지 못했다.

명이가 무진의 팔목을 깨물어 피가 흥건했던 날 이후 무진은 별당에 나타나지 않았다. 의순이 임 집사를 찾아갔다. 임 집사의 얼굴에 수심이 가득했다.

"무진이 조선에 남겠답니다. 대행수가 이끄는 서역 배는 계획대로 떠났습니다. 그 서역 함대에 합류하는 것이 무진의 오랜 꿈이었는데 포기했어요. 그러곤 뛰쳐나가 막쇠를 찾아 헤매는데 말릴 수가 없습니다. 마마, 무공이 뛰어난 데다 한창 혈기 왕성할 때라 걱정입니다."

의순은 임 집사에게 당부했다.

"요즘 별당에도 오지 않아요. 무진이 평소 임 집사를 존중해 따르지 않습니까. 부디 집사가 잘 살펴 주오. 무진에게 돌이킬 수 없는 일이 생긴다면 명이도 더는 살지 못할 겁니다."

집으로 돌아오는 내내 의순은 안타까운 한숨을 내쉬었다. 생각할수록 막막하기만 했다.

'두 아이를 어찌해야 하나. 가여운 마음들을 어찌할까나.'

설강수가 생각났다. 무진에게서 설강수의 모습이 겹쳤다. 그이도 나 때문에 저리 아파했을까! 의순의 눈에서 눈물이 핑 돌았다. 의순은 쓰개치마를 깊숙이 눌러썼다.

시간이 흘러 의원의 말대로 명이 상처는 아물었다. 얼굴과 몸곳곳에 흉터가 남았으나 그나마 다행인 것은 제정신이 돌아온 명이가 의순과 유모 손길만은 거부하지 않았다. 어느 날 의순이 별당 마루에 올라섰는데 방안에서 흘러나오는 유모의 목소리가 높았다.

"명이야, 말을 해 봐. 응? 한 마디라도 해 봐."

다시 유모가 명이를 다그쳤다.

"아가, 숨을 내쉬면서 여기다, 목구멍에 힘을 주란 말이다. 옳지, 힘을…. 어이쿠, 이를 어째. 아가, 진짜로 목소리를 잃었단 말이야?"

의순이 방문을 열었다. 유모가 명이의 어깨를 잡고 흔들었다. 명이는 잔뜩 풀이 죽은 모습으로 고개를 숙이고 있었다. 의순을 본 유모가 벌떡 일어났다.

"마마, 아무래도 명이가 말을 못 하는 것 같아요. 가여워서…."

의순이 명이 앞에 앉아 나지막하게 물었다.

"명이야, 무슨 말이든 해 봐라. 응? 넌 얘기하는 거 좋아하지 않느냐?"

유모가 한숨을 쉬며 말했다.

"마마, 사실 며칠 전부터 알고는 있었어요. 줄곧 고갯짓뿐인 게 심상치 않아 캐물었는데, 저도 애를 쓰는 게 보이지만 말이 안 나오는 것 같아요. 의원은 괜찮다고 했는데."

의순도 이상하긴 했다. 그러면서도 말로 내뱉으면 진짜 나쁜 일이 생길까 싶어 차마 입 밖으로 묻지 못했던 일이었다. 의순이 명이의 머리를 쓰다듬었다.

"명이야, 괜찮다. 이러다가 갑자기 목소리가 나오기도 한단다. 청국에서 그런 사람을 얘기를 들었다. 유모도 그런 표정 짓지 마. 명이 마음이 너무 아파서 그런 거니까 곧 나아질 게야."

명이는 손등으로 자신의 두 눈을 꾹꾹 눌렀다. 그러곤 눈물이 흐르지 않는 눈동자가 따갑다는 듯 자꾸만 깜박거렸다. 유모가 위로하듯이 명이의 등을 토닥이며 말했다.

"우리 명이. 에구, 불쌍한 것. 공주마마. 명이는 마마께 버림받을까 봐 늘 두려워했어요. 어릴 때 부모가 떠나서 그럴 거예요. 비참한 일을 당하니 또다시 그런 생각이 드나 봅니다."

의순은 명이를 와락 껴안았다. 의순의 눈가에 물기가 어렸다.

"명이야, 그런 일은 없다. 절대! 내가 반드시 너와 무진이 예전으로 돌아가도록 할 거란다."

무진이라는 말에 명이가 몸을 부르르 떨었다. 의순이 뼈만 남은 명이를 부둥켜안고 쓰다듬었다. 온기가 느껴졌다. 의순이 보살펴 줘야 할 생명이었다. 의순은 누군가를 위해 해야 할 일이 있을 때 그 또한 살아갈 힘이 된다는 것을 알았다.

의순의 신경은 온통 명이와 무진에게 가 있었다. 감당하기 힘든 충격으로 말을 잃은 명이와 미친 듯이 막쇠를 찾아다니는 무진이가 눈물겨워 가슴이 미어졌다. 유모가 명이 곁을 한시도 떠나지 않고 보살폈다. 의순도 아침마다 명이의 머리를 땋으며 이런저런 애기를 늘어놓았다.

"… 너와 처음 만났던 봄날을 기억하니? 그때 나는 어린 네게서 나를 보았단다. 청국을 떠나기 전 내 모습 말이다. 명아, 지금 너는 어쩌다 돌멩이를 맞았을 뿐이야. 머지않아 흉터마저 희미해질 게다. 길을 가다가 넘어져 무릎이 까진 거랑 같은 거란다. 명아, 어머니의 희생을 딛고 네가 살았으니 삶을 소중히 여겨야 한다."

명이의 무심한 눈은 연못가 소나무를 향해 있었다. 청각에 이상이 없는데도 명이는 웬만한 일에 반응하지 않았다. 같은 날들이 반복되니 의순도 말 없는 명이에게 익숙해져 갔다.

명이가 납치를 당한 날로부터 석 달이 지났을 무렵 무진이 찾아왔다. 광대뼈가 드러난 야윈 얼굴에 날카로운 눈빛의 무사로 변해있었다.

무진은 의순 앞에 무릎을 꿇었다. 명이가 무진이의 기척에 허겁지겁 병풍 뒤로 달려가 숨었다. 무진이 그 모습을 지그시 바라보았다. 의순은 딱한 눈길로 말했다.

"어찌 이제야 왔느냐? 임 집사가 소식을 전해 주기는 했지만 기다렸단다."

무진이가 묵직한 목소리로 답했다.

"막쇠는 약삭빠른 놈이라 잡을 뻔하다 놓치기를 수십 번이나 했습니다. 여주까지 가서야 꼬리를 잡았어요. 며칠 전에 막쇠와 그 패거리를 잡아 관아로 넘겼습니다…. 원래 노비로 팔 여자들은 몸값을 올리려고 손대지 않는데. 명이… 죽기 살기로 저항하니까 막쇠와 패거리들이 몹쓸 짓을 했다고 자백했습니다. 다행인 것은 하루만 늦었어도 명이는 해적 노예상에게 팔려가 찾기 힘들었을 겁니다."

의순이 물었다. 그녀의 목소리가 살짝 떨렸다.

"검을 가지고 다니지 않았느냐? 네가 격해서 일을 그르칠까 걱정했단다."

무진은 눈을 내리깐 채 담담하게 답했다.

"당장 그자의 목을 베어 명이 복수를 하고 싶었습니다. 하지만 그리되면 저도 평생 쫓기며 살아야 하고 명이… 를 다시 볼 수 없지 않습니까. 사내는 평생 소중한 것을 지켜야 한다고 했던 대행수의 가르침이 저를 멈추게 했어요."

의순이 무진의 손을 와락 잡으며 진심을 담아 말했다.

"잘했다! 무진아. 정말 잘하였구나."

"대신 실컷 두들겨 패 줬습니다. 그것만은 참을 수가 없었습니다."

의순은 빙긋 웃었다.

"나라도 그리했을 것이니라."

무진이 고개를 들어 병풍을 건너다보았다.

"명이가 말을 못 하든, 어떤 일을 당했든 상관없습니다. 명이는 나를 웃게 하니까요. 명이만 바라볼 것입니다."

명이에게 하는 말이었다. 무진이가 조용히 자리에서 일어났다.

"마마, 그만 가 보겠습니다. 이제 집사 어른에게 꾸중을 들어야 합니다."

의순은 무진의 손을 다독이며 고개를 끄덕였다.

"그래, 무진아. 후회할 일을 선택하지 않아 정말 장하구나. 고맙구나, 고맙다."

무진은 넌지시 병풍 쪽을 보더니 이내 몸을 돌려 바깥으로 나갔다.

의순이 명이를 불렀지만 나오지 않았다. 병풍을 접으니 무릎
사이에 고개를 묻은 명이가 울고 있었다. 의순은 앉아 명이의 등
을 쓰다듬었다.

"명이야, 누구나 감당해야 하는 삶의 무게가 있는 게다. 그건 무
진이도 마찬가지란다."

명이가 두 손으로 얼굴을 누르며 흐느꼈다. 점점 울음이 커졌
다. 그 일을 겪고서 처음 흘리는 눈물 바람이었다. 바깥에 있던 유
모가 달려와 명이를 감싸 안았다.

"옳지, 그래그래. 울어야지. 마마, 잘 된 거예요. 이렇게 울고 나
면 마음 병이 나을 수도 있어요. 아가, 참지 말고 실컷 울어라. 가
슴에 맺힌 것을 토해 내려무나."

그날 밤이 깊도록 명이는 유모 품에서 울고 또 울었다. 그러다
가 기절하듯 잠에 빠져 그다음 날 밤까지 깨어나지 않았다. 그날
이후 유모의 말대로 명이의 행동이 나아졌다. 하지만 사람을 무서
워하고 특히 무진이 오면 병풍 뒤로 숨는 것은 여전했다. 무진은
포기하지 않고 명이를 찾아왔다. 들꽃이나 산 열매를 보기 좋게
묶어 가져왔고 때로는 툇마루에 앉아 소소한 일상을 두런두런 늘
어놓기도 했다. 차츰 명이가 무진을 기다리는 눈치였고 무진도 가
까이 느껴지는 명이의 숨결로 곁에 있음을 알았다. 그런데도 명이
는 무진의 앞에 나서지 않았다.

그렇게 겨울과 봄을 보내고 또다시 여름이 다가왔다. 그동안 막쇠가 옥에서 자결했다는 소식이 들려왔다. 자결인지 타살인지 의심스럽다는 소문도 돌았다. 얼마 지나지 않아 왈패로 살았던 막쇠의 존재는 한양 땅에서 흔적도 없이 사라졌다.

무진이는 설강수의 부름을 받고 청국으로 건너갔다. 한양을 떠나기 전 무진은 설강수가 보냈다는 사냥 매를 들고 와서는 명이를 별당 밖으로 데리고 나갔다. 그날 무슨 일이 있었는지 명이와 무진이 둘만 아는 일이었다. 그때부터 명이가 조금씩 말문을 열었다!

무진이 떠난 후 세이레²¹일가 지났다. 금화원 안채에서 의순과 명이가 함께 작업하던 날이었다. 연꽃잎을 만들려고 마름질한 연꽃잎을 한 장 한 장 홍화물에 담던 명이가 소곤거리듯 낮게 말했다.

"공주님, 무진이가 대행수를 따라다니며 세상을 돌아보고 어떻게 살아야 하는지 결정하겠대요. 자신에게 소중한 것을 지킬 길을 찾고 힘을 키울 거래요…. 저보고 열두 살 명이의 용기가 있다면 겁낼 일이 뭐냐고. 사람의 눈이 앞에 있는 것은 뒤돌아보지 말고 앞으로 나가라는 뜻이래요. 무진이는 자신이 선택한 길을 갈 테니 저도 그러길 바란답니다."

"무사로서도 빈틈없지만 무진의 선택이 대견하구나. 명이야, 너희가 자랑스럽단다."

의순은 무진의 속 깊은 마음이 놀라웠다. 아직 어리다고 생각했는데, 고초를 겪으면서 무진이도 명이도 어른으로 성큼 자랐다. 앞으로 힘든 일이 생긴대도 분명 무진과 명이는 함께 도와가며 잘 살아갈 것이다.

건강을 회복한 명이가 금화원에 돌아왔다. 명이는 누구보다 열심히 일했고 사람들의 말을 귀담아들으며 이해했다. 명랑했던 어린 소녀 명이는 사라지고 차분하고 신중한 젊은 여인으로 명이가 변했다.

그런 명이가 기특하면서도 한편으로는 의순의 가슴이 삭막해졌다. 때때로, 또 느닷없이 설강수 생각에 몸도 마음도 공허했다. 그리움과 슬픔 사이를 흐르는 깊고 깊은 강물 같은 것이었다.

불과 몇 달 사이에 금화원의 규모가 더욱 커졌다. 금화원의 바쁜 일상을 보내고 있건만 한편으로는 의순의 마음이 번잡했다. 항아리에 물이 새듯 마음이 나날이 비어 가는 느낌이었다. 의순은 자신에게 질문을 던졌다.

'나는 의순의 길을 계속 가야 하는가. 내가 가야 할 길은 어디가 끝인가.'

마른 여름 장마가 이어지더니 갑작스럽게 폭풍이 몰려왔다. 의순은 누마루에 서서 휘몰아치는 바람을 지켜봤다. 정자 아래 휘어진 버들가지가 툭 부러졌다. 잎이 무성한 나뭇가지가 이리저리 휩쓸려 다녔다. 그러다 연못가 바위 틈새에 착 붙었다. 거센 돌풍도 나뭇가지를 떼어 내지 못했다. 은구슬 같은 빗방울이 바위 아래로 떨어졌다. 의순의 두 눈은 어둠 속 고양이처럼 번득였다.

'버들가지에 한 방울의 물과 한 줌의 흙이 닿는다면 뿌리를 내려 살 수 있겠지. 저 버들처럼 살아남으려면…. 금화원에 다른 길이 있다면, 금화원도 살고 나도 사는 길.'

의순은 곰곰이 생각에 잠겼다. 저런 바위 같은 도움을 받는다면 금화원의 수입이 늘어날 것이다. 그러면 단옥이 걱정하던 아이들 교육문제도 해결될 것이며, 아이들을 청국이나 왜국에 유학 보낼 수 있을 것이다.

빗줄기가 점점 더 굵어졌고 바람도 세찼다. 빗물이 들이쳐 얼굴을 적실 때야 의순이 몸을 돌려 방으로 들어갔다. 의순은 물기를 닦고 서안 앞에 단정하게 앉았다. 붓을 들어 글을 쓰기 시작했다. 명이가 점심상을 들고 들어올 즈음 서찰을 봉했다. 명이가 물었다.

"공주님, 무엇이에요?"

의순은 명이 행동을 눈여겨 바라봤다. 전보다 민첩했고 진중했다. 어느 날 갑자기 깊은 곳에 숨은 상처가 헤집고 나온다 해도 총명한 명이는 이겨 낼 것이다. 의순이 빙긋 입꼬리를 올렸다. 오랜만의 평온한 미소였다.

"명이야, 이것을 설가 객주 상단에 넣거라. 집사가 알아 할 것
이다."

명이가 고개를 갸웃했다.

"대행수님과 무진도 없는데, 부탁할 일이 무에 있나요?"

의순은 자르듯 짧게 답했다.

"상관없다. 이건 우리 일이다."

그러고는 명이에게 서찰을 건넸다.

"명이야, 우리 금화원은 설가 객주 상단으로 들어갈 것이야. 이
건 상단과 금화원 사이의 계약조건이다. 예전에 대행수가 제안했
던 것인데, 그때는 객주에 폐가 될까 두려웠고 부족하다 여겼지.
이제 우리도 당당하게 나설 준비가 되었단다."

이어 의순은 금화원 집사들 모임을 주관했다. 그곳에서 모은
의견들이 빠르게 진행되었다.

도성 성문 앞에서 의순과 명이가 지방으로 떠나는 설가 객주
소속 보부상과 방물장수 여인의 무리를 배웅했다. 의순이 스스로
에게 다짐하듯 말했다.

"우리의 조선이다! 이 땅이 곧 우리다. 저 조선 여인들은 역경
을 잘 헤쳐 나가리라."

의순의 한걸음 앞에, 명이가 멀어져 가는 방물장수들을 향해 두 팔을 들어 흔들었다.

'이제 기술을 익힌 여인들이 스스로 살길을 찾을 게야.'

의순은 명이의 어깨를 부드럽게 감싸 안으며 함께 손을 흔들었다.

족두리 무덤

뒤뜰 감나무에 까치 소리가 유난한 아침, 건장한 젊은이가 금림군의 집으로 찾아왔다. 젊은이는 몰라보게 달라진 무진이다. 무진은 사랑채에서 금림군과 독대하여 한참 동안 머물렀다. 간간이 새어 나오는 말투로 보아 설강수가 보낸 서찰에 금림군이 답을 미루는 것 같았다. 금림군의 호탕한 웃음도 흘러나와 나쁜 소식은 아닌 듯했다.

무진은 사랑채에서 나온 다음 별당으로 걸음했다. 무진이 의순 앞에 엎드려 큰절을 올렸다. 함부로 대할 수 없는 늠름한 장부의 모습이었다. 의순은 흐뭇한 눈으로 미소지었다.

"무진아. 몰라보겠구나. 그래, 새 세상을 보았느냐?"

무진의 눈길이 명이를 향한 채 답했다.

"예, 마마. 대행수를 따라 사막을 건너 서반아西班牙, 스페인까지 다녀 왔습니다. 생김새가 다르고 말과 풍습이 달랐습니다. 세상은 넓고 배울 것이 많다는 것을 새삼 깨달았습니다."

명이가 부끄러운 듯 옆으로 물러났다. 의순이 나지막하게 물었다.

"대방 어르신과 대행수는 평안하시느냐?"

"예, 이걸 마마께 전해 드리라 했습니다."

무진은 품에서 살구꽃 수 향낭과 서찰을 꺼내 두 손에 올려서 바쳤다. 명이가 무진의 손에서 물건을 잡았다. 그들의 손가락이 맞닿자 두 사람 모두 얼굴이 빨개졌다.

눈에 익은 향낭과 서찰을 건네받은 의순이 물었다.

"답을 원하시더냐?"

"아닙니다. 물건을 전해 드리면 된다 하였습니다."

의순이 고개를 끄덕였다.

"수고했다. 조선을 떠나 이리 잘 자랐으니 내 마음이 고맙고 기쁘구나."

"공주마마, 마마의 마음에 감사합니다."

의순의 눈길이 서안을 향했다. 명이가 알아채고 무진의 옆구리를 찔렀다. 무진이 일어나 허리를 굽혔다.

"마마, 이만 물러가겠나이다."

두 사람은 손을 맞잡을 듯 가까이 다가서며 바깥으로 나갔다. 의순이 무진에게 받은 서찰을 펼쳤다. 친숙한 서체였다. 의순은 천천히 서찰을 읽어 나갔다.

공주, 세상은 넓고도 넓소. 부디 공주가 조선보다 넓은 세상을 자유롭게 품기를 바라오. 내 힘이 있어야 남에게 나눠 줄 수 있다는 것을 나는 명국과의 전쟁터에서 배웠소. 지금 무엇을 원하는지, 그대 자신도 알고 있다고 믿소이다.

추신) 나는 이 향낭을 그대에게 직접 돌려받아야겠소이다. 기다리겠소.

"세상을 품는다?"

의순이 세상이란 말을 되뇌이자 거짓말처럼 청국의 번잡했던 거리가, 도르곤을 통해 보았던 거대한 세계가 눈앞에 나타났다.

조선보다 큰 세상! 그 순간 의순의 마음이 탁 소리를 내며 터졌다. 가슴에서 뜨거운 뭔가가 정수리 끝으로 치솟았다. 그것은 바다였다. 서러움이 넘쳐 펼쳐진 푸른 바다였다. 머리를 짓누르던 의순의 슬픔이 푸른 빛으로 출렁였다. 푸른 슬픔이 꿈꾸는 바다가 되었다. 설강수를 그리워하는 여인의 마음과는 다른 꿈이었다. 희

뿌연 안개가 걷히고 모든 것이 또렷하게 보였다.

'왜 나는 스스로 우물 안 개구리가 되려 했을까? 청국이란 세상을 보았는데도!'

의순은 두 주먹을 꽉 쥐었다. 스쳐간 인연들이 머릿속에 떠올랐고 그들이 웃으며 허공을 날아다녔다. 산 자도 죽은 자도 의순을 향해 상냥한 미소를 던졌다.

'그렇다, 누구나 사는 날까지 해야 할 일이 있지 않겠는가. 살아간다는 것은 복과 화가 돌고 도는 것! 금화원은 이만하면 다들 잘해 내리라. 이제 남은 모든 힘을 오롯이 나를 위해 쏟아 내자. 내가 살아 있어야 세상이 있다.'

의순은 설강수의 서찰을 가슴에 안았다. 자신이 진정으로 원하는 것을 알았다.

'내 마음이 머무는 곳, 나는 설강수를 되찾을 것이다. 허나 누구에게든 내 삶을 맡기지는 않을 테다. 나의 삶은 나만의 것이다.'

의순이 서찰을 손바닥에 올렸다. 굵고 육중한 느낌의 획으로 날렵하게 써 내려간 글씨들을 애틋한 손길로 어루만졌다.

'설강수! 이번에는 내가 그대를 찾아갈게요. 그대의 말처럼 힘이 있어야 대의大義도 지킬 수 있겠지요. 장차 어떤 고난이 있든 나의 길을 찾을 겁니다.'

고개를 든 의순의 두 눈이 설렘으로 빛났다. 부챗살 같은 빛살이 들창을 통해 방안 깊숙이 펼쳐졌다.

　방안으로 돌아온 명이의 약지에 옥가락지가 있었다. 의순은 모른 척했다. 발그레한 뺨의 명이를 본 의순의 입가에 미소가 맴돌았다.

　'명이야, 우리에게 서로가 없었다면 이 모든 일이 힘들었을 것이다.'

　별당 마당 가장자리에 앵두나무 열매가 빨갛게 익어 가는 여름이었다. 의순은 바깥출입을 거의 하지 않았고 별당마저도 벗어나지 않았다. 별당에 쌓인 수많은 서책을 읽으며 기록하고 또 명이에게 뭔가를 지시하며 부산하게 움직였다.

　한여름의 더미 구름이 탐스럽던 어느 날, 의순은 새하얀 모시 저고리에 하늘빛 치마를 단정하게 차려입고 금림군을 기다렸다. 명이의 전갈을 받고 금림군이 별당으로 건너왔다.

　"마마, 예전 마마의 고운 모습입니다. 아비랑 이렇게만 사십시다."

　금림군의 얼굴에 웃음이 가득 번졌다. 의순은 금림군 앞에 큰절을 올렸다. 금림군이 놀라 의순의 팔을 잡아 일으켰다.

　"아니, 어찌 이러십니까?"

　의순이 금림군의 손을 꼭 잡았다.

"아버지, 아버지께 소녀 불효를 해야겠나이다."

금림군의 놀란 입이 벌어졌다.

"느닷없이 무슨 말입니까?"

"아버지 짐작대로 마땅히 져야 할 책임이 무거워서, 또 환향녀 공주로 사는 것이 힘들어 한때 죽을 생각까지 했지요. 하지만 마음을 달리 먹었어요. 아버지, 조선의 가짜 공주가 아니라 세상을 품는 사람이 되고 싶어요. 저 자신과 핍박받는 세상의 어린 자들을 돕기 위해 힘을 키우려 합니다. 하여 조선을 떠나 보다 넓은 곳으로 나아가고 싶습니다."

금림군의 긴 수염이 가늘게 떨렸다. 의순이 말을 이었다.

"아버지, 의순공주로 살아야 했던 충과 효를 후회하지 않습니다. 청국에서 6년, 환향해서 6년이 흘러 이제 소녀 나이가 스물하고도 여덟입니다. 제가 선택한 삶으로 조선을 떠나 살아 보고자 합니다…. 그리고 여인의 몸이라 아버지 근심도 잘 알고 있어요."

의순이 고개를 숙이고 수줍게 얼굴을 붉혔다.

"후일 여건이 된다면, 설가 대행수와 혼인하고 싶어요."

"…."

금림군의 반응이 없자 의순이 긴장한 표정으로 얼굴을 들었다. 의순과 눈이 마주친 금림군이 호탕하게 웃었다.

"하하하하! 그리 선택했습니까? 실은 언제 어디서든 마마를 잘 보살피겠다는 대행수의 서찰을 받았어요. 하하하…"

진심으로 기뻐하는 금림군이었다. 방 안에 복사꽃이라도 핀 듯 환했다.

"마마, 설강수라면 아비는 안심입니다. 아비가 오래 겪어 본 대행수예요. 사내다운 넓은 마음을 품은 군자입니다. 하늘의 어미도 기뻐할 겁니다. 생전에 공주와 설강수가 인연이었으면 했으니까요. 마마 뜻대로 하십시오. 아비에게는 마마가 가장 소중합니다. 그리고 공주마마 곁의 대행수를 믿습니다."

"저도 그리 생각합니다, 아버지."

의순은 나긋한 손짓으로 붉은 함을 내밀었다. 함을 열어 본 금림군이 뜨악해하며 의순을 바라봤다.

"이것은 마마의 혼례복 아닙니까."

"아버지, 제가 혼례길에서 죽었다는… 정주 '족두리 무덤'의 전설을 아십니까?"

금림군이 천천히 고개를 끄덕였다.

"이 혼례복으로 의순공주의 무덤을 만들어 주세요, 아버지. 그리하면 더 이상 우리 가문을 논쟁거리로 삼지 않을 것입니다."

금림군의 얼굴에 서글픈 미소가 어렸다.

"… 마마의 뜻을 알겠습니다. 아비가 알아서 처리하겠습니다."

그다음 날부터 금림군은 별당의 출입을 막았다. 며칠 후에는 의순이 심한 여역전염병에 걸렸다며 하인들을 모두 바깥으로 내보냈다. 유모가 달이는 탕약 내음이 바람을 타고 지붕을 휘감고 돌아 담장을 넘어갔다. 금림군의 집 주변 골목에는 강아지 한 마리도 얼씬하지 않았다.

1662년 8월 초순, 새벽녘 창포 빛 하늘이 서서히 밝아오고 있었다. 방문이 조심스럽게 열렸고 남장을 한 의순과 명이가 툇마루로 나왔다. 이어 별당 쪽문이 조용히 열렸다. 어둑어둑한 골목에 말발굽 소리와 함께 무진이 나타났다. 의순이 진갈색 말을 잡았고 무진과 명이가 큰 점박이 말에 올라탔다.

새벽길을 달린 이들은 설가 객주의 깃발을 앞세운 무리에 섞였다. 이들이 무사히 한양 성문을 통과했을 때, 어느덧 동녘 하늘은 훤하게 밝아 있었다.

산마루에 올라선 무진이 하늘을 향해 호각을 불렀다. 그러자 구름 한 점 없는 하늘 어디선가 새가 날아올랐다. 곧 하얀빛이 빠르게 내려와 꽂혔다. 하얀 송골매였다. 송골매는 무진의 팔에 사뿐히 앉았다. 날개를 접는 그 매혹적인 자태가 눈길을 끌었다.

의순은 무진 옆에 말을 세웠다. 햇살을 담은 의순의 눈동자가 반짝였다. 무진이 송골매를 다시 하늘로 날려 보내며 말했다.

"제가 길들인 함경도 사냥 매입니다. 공주마마, 귀한 백송골이

랍니다."

의순이 고개를 끄덕였다.

"그래, 매서운 눈빛과 발톱이 예사롭지 않아. 봐라, 우아한 날갯짓에도 굳센 힘이 느껴지는구나. 더구나 저 매는 새하얀 빛이라! 아름다운 사냥 매라 칭할 만하다."

의순은 손차양을 하고서 하늘의 송골매를 오래 지켜보았다. 그러고는 말고삐를 잡은 두 손에다 힘을 주고 발을 찼다. 앞을 쏘아보는 의순의 눈빛이 하얀 송골매의 그것과 같았다.

'아버지! 아버지께서 허락하신 저의 삶, 하늘의 백송골처럼 날개를 펼칠 겁니다. 용기와 자유를 품고서요.'

설가 객주 상단의 깃발을 뒤로 한 채 북방을 향해 말들이 달리기 시작했다. 아직 한여름의 뜨거운 햇살이 쏟아지기 전이었다.

의순이 조선을 떠난 2년 뒤 금림군은 죽었다. 금림군 이개윤은 족두리 무덤이 보이는 갈립산 자락에 묻혔다. 그해 갈립산 단풍이 붉디붉게 물들었고 늦가을 바람은 따듯했다.

玉顏當日嫁驕虜 _{옥안당일가교노}

未老歸來葬故原 _{미노귀래장고원}

何似明妃遺恨在 _{하사명비유한재}

獨留靑塚向黃昏 _{독유청총향황혼}

당시에 옥 같은 얼굴로 오랑캐에게 시집가

채 늙기도 전에 돌아와 고향 땅에 묻혔다네.

왕소군이 한을 남긴 것과 어찌 같겠는가?

홀로 푸른 무덤에 머무노라니 황혼이 지네.

- 신익상, 『성재유고』 중에서

이 시조는 조선 후기의 선비 신익상(1634~1697년)이 남긴 것입니다.

그는 신숙주의 후손이자 숙종 때 우의정을 지낸 문신입니다. 화친의 희생양이었던 왕소군이 고향에 돌아오지 않고 추운 흉노 땅에서 죽은 것과 달리, 의순공주는 젊은 나이에 조선으로 돌아온 것에 대한 질책을 담았습니다. 의순공주를 비하한 글입니다. 의순공주가 죽고 수십 년이 흘렀건만 조선의 정치가였던 신익상은 그 원인을 살피지 않았습니다. 그가 의순공주를 중국 한나라 여인에 비유하며 이런 시를 지었다는 사실에, 필자는 일제 강점기 때 끌려갔던 일본군 위안부를 기억했습니다. 동시에 되풀이되는 역사에 분노를 넘어 깊은 슬픔을 느꼈습니다.

1636년 병자년, 청국은 두 달여의 짧은 기간에 조선 국토를 초토화하고 임금에게 삼전도의 굴욕을 주었습니다. 병자호란 당시 끌려간 50만 포로들 중 일부가 천신만고 끝에 돌아왔으나 아무도 그들을 반기지 않았습니다. 여인들에 대한 압박은 더 심했습니다. 환향녀라는 멸시와 학대에 자결할 수밖에 없는 상황으로 몰아가는 일이 부지기수였습니다. 청국에 대한 조선인들의 증오심이 그릇된 방법으로 나타났던 것입니다.

14년 후인 1650년. 금림군의 딸 이애숙은 임금의 양녀, 의순공주가 되어 청국 예친왕과 혼인합니다. 예친왕 도르곤이 국가 간 통지수단으로 택한 통혼이었습니다. 그는 의순공주를 청국식 이름인 '백송골'이라 부르며 기쁘게 정비로 삼았습니다. 그런데도 도르곤은 조선 임금의 북방 정책을 견제하기 위해 트집을 잡으며 겉과 속이 다른 정치적 행보를 이어갔습니다.

의순공주가 공녀로 바쳐진 6년의 세월이 흐른 뒤, 금림군이 임금의 명을 받아 조선 사신으로 청국에 가게 되었습니다. 금림군은 의순공주의 첫 남편 예친왕이 죽은 후 전리품처럼 떠도는 딸을 눈으로 보고 한탄했을 겁니다. 이에 금림군이 청 황제를 설득해 의순공주를 조선으로 데려왔습니다. 그때까지도 성리학의 나라 조선은 청국에서 돌아온 여인들에 대한 인식이 심각한 상황이었습니다. 임금의 양녀에 불과했고 이용 가치가 없어진 의순공주가 조선에서 환향녀로 받을 모욕을 노련한 금림군이 모르지 않았을 것입니다. 그럼에도 조정의 허락을 받지 않고 딸을 데려와 모든 비난을 감수했습니다.

의순공주가 조선으로 돌아오자 다른 환향녀처럼, 일제 강점기의 위안부들처럼 갖은 수모를 받았습니다. 그나마 효종이 살아 있을 때는 양녀로서 보호를 했다고 여겨집니다. 젊은 효종의 갑작스러운 죽음 이후, 대우가 확연히 달라졌고 의순공주와 가족이 당했을 고통을 짐작할 수 있습니다.

이 작품의 역사적 사실은 의순공주가 열여섯에 예친왕 도르곤과 혼인했다가 6년 후 조선으로 돌아왔으며, 환국 6년 후인 스물여덟 살의 나이로 죽었다는 것입니다.

필자는 의순공주와 그 아버지 금림군의 삶이 가여워 기록의 행간을 살폈고 허구의 다양한 인물들과 채화라는 소재로 상상력을 더했습니다.

역사 기록이나 야사는 금림군이 집안의 명예와 부귀영화를 위해 딸을 스스로 바쳤다고 했으나 필자가 자료를 검토하면서 사실이 아닐 수도 있다는 생각을 했습니다.

그 당시 청이 요구한 임금의 딸 말고도 왕족과 고관 대신들의 딸이 수

백 명이나 되었지만 모두 딸을 빼돌렸으며 누구도 나서지 않았다고 합니다. 필자는 의순공주 아버지 금림군이 가문 때문에 딸을 팔았던 것이 아니라, 벼랑 끝에 몰린 나라를 구하기 위해 도로곤과의 혼인을 승낙했을 거라는 생각이 들었습니다. 훗날 금림군이 죽음을 각오하고 청 황제에게 딸을 다시 돌려달라고 호소했다는 것은 그만큼 딸자식 사랑이 깊었다는 결론에 도달해 이 작품을 쓰게 되었습니다.

오늘날 의정부 천보산에 있는 무덤, 조선을 위해 희생한 의순공주 안식처는 눈물이 핑 돌 정도로 초라하기 짝이 없습니다. 필자가 창작한 가상의 서사 안에서만이라도 의순공주와 금림군이 수치심과 모멸감을 안고 죽어야 했던 한 맺힌 삶이 아니었으면 합니다. 환향녀 의순공주가 사람으로 그리고 여인으로 온전한 삶 속에서 행복했으면 하는 바람을 담았습니다.

출간하기까지 애써 주신 작은숲출판사에 감사함을 전합니다. 그리고 채화에 대한 정보는 궁중 채화장인 황수로 님의 '아름다운 궁중 채화'와 전시를 참고했음을 밝힙니다.

『허황옥, 가야를 품다』, 『신라 공주 파라랑』 등 청소년 역사소설을 써
온 작가의 신작 『하얀 송골매』를 단숨에 읽었습니다. 병자호란을 다룬 드
라마가 인기리에 반영되면서 청소년 소설에서도 이 시기를 다룬 작품
이 여럿 출간되었는데, 그 중 『하얀 송골매』는 제 마음을 사로잡기에 충
분했습니다.

"공주! 조선의 매처럼 아름답고 굳센 기운이 느껴지는구려. 우리 청나
라 무장에게 하늘의 매는 힘과 용기 그리고 자유를 뜻하오. 그대를 백송
골이라 부르리다. 나의 하얀 송골매!"

백송골, 하얀 송골매는 청나라 예친왕 도르곤이 의순공주에게 지어
준 이름입니다. 병자호란의 굴욕으로 조선은 청나라에게 조공을 바쳐
야 했고, 수많은 여인들이 포로로 끌려갔습니다. 의순공주 역시 통혼이

라는 이름 하에 도르곤의 정실부인이 되었지요. 6년이 지난 뒤 갑작스런 도르곤의 죽음으로 공주는 조선으로 돌아오게 되지만, '환향녀'라는 굴레가 덧씌워집니다.

"잡것들 불을 확 질러 버리든지 해야지."

의순공주와 전쟁 포로였던 여인들의 희생으로 청나라와의 불화를 온몸으로 막아 냈지만, 살아 돌아온 여인들은 나라와 이웃들에게 철저히 배척당합니다.

작가는 총성이 멎었다고 전쟁이 끝난 게 아니라, 전쟁이 끝나고부터가 본격적인 전쟁이란 걸 환향녀로 낙인찍힌 여인들을 통해 여실히 보여 주고 있습니다.

무엇보다 이 작품의 매력은 의순 공주와 명이의 케미입니다. 전쟁으로 부모를 잃은 명이를 통해 공주의 시선이 가장 낮은 이들의 거처, 돌아온 전쟁 포로 여인들이 모여 사는 '할미꽃 마을'로 향하게 됩니다. 그들의 경제적 자립을 도와주는 동안 온갖 모함과 비난을 받게 되지만 공주는 굴하지 않습니다. 공주의 의연한 태도에서는 백송골의 힘과 용기의 기상이 넘쳐납니다.

"내 마음이 머무는 곳, 나는 설강수를 되찾을 것이다. 허나 누구에게든 내 삶을 맡기지는 않을 테다. 나의 삶은 나만의 것이다."

그 어떤 처지에도 의순을 '존재' 그 자체로 지켜봐 준 설강수의 사랑도 놓칠 수 없습니다. 설강수의 변함없는 사랑이 있었기에, 왕의 양딸이 되면서 갖게 된 '의순'이 아니라, 본래 자신의 이름인 '애숙'을 되찾게 되었으며, 자신의 꿈도 알아차리게 됩니다. 조선을 벗어나 서역으로 한 걸음 내딛는 순간, 애숙은 진정으로 자유로운 존재가 됩니다.

『하얀 송골매』는 힘과 용기 그리고 자유에 대한 이야기입니다. 그 어떤 시련과 고통 속에서도 힘과 용기를 잃지 않고 나아간다면 우리는 반드시 자신의 꿈을 펼칠 날을 맞게 됩니다. 애숙 곁을 지켜 준 명이와 무진 그리고 설강수처럼, 또 다른 명이와 무진과 설강수가 우리를 응원할 테니까요.

- 장경선(동화작가/청소년소설 작가)